講談社文庫

新装版
しのぶセンセにサヨナラ

東野圭吾

講談社

目次

しのぶセンセにサヨナラ

しのぶセンセは勉強中

1

四番打者がバットを振ると、何かが破裂するような音がして白球が舞上がった。野球のボールよりも一回り大きい。中堅手が背走して追ったが、彼が伸ばした腕の一メートルほど上を越えて、ソフトボールはグラウンドに落ちた。

歓声の中を二人のランナーがホームインする。打った選手は二塁まで走った。

「よっしゃ、これでダメ押しやな」

西丸仙兵衛《にしまるせんべえ》は一塁側ベンチであぐらをかき、コブ茶を飲みながらスコアボードに目をやった。今の二点で、西丸商店は相手の松本商会に対して、八対三と五点の差をつけたわけだ。

「ええとこあるがな。あの気迫を商《あきな》いに使《つこ》てほしいもんやで」

相好《そうごう》を崩して頷《うなず》いたあと、仙兵衛は相手側ベンチを見た。敗色濃厚ということで、松本商会チームは沈みこんでいる。

「松本はんも、試合前は景気のええことというとったけど、やっぱり格の違いがわかったやろ。これでもう大きい口叩《たた》かせへんで。なあ、富井《とみい》」

仙兵衛がこういい、「ほんまにそうですな」と隣に座っている背広姿の小男が相槌《あいづち》を打った。

が、その時相手側ベンチから、今まで聞こえなかった声が飛びだした。

「ピッチャー何やってんのん、辛気《しんき》臭《くさ》い。ビビらんと内角に投げたったらええねん。あんなへっぴり腰のバッターに打てるわけあらへん」

鼓膜にぎんぎん響きそうな声は、紛《まぎ》れもなく女のものだ。はて、ベンチにいるのは男ばっかりのはずやけどと目をこらして、一番端で立ち上がっている選手に気がついた。

「ほう、見てみい富井。松本はんのとこは、ベンチに女を入れとるで。試合には勝てそうにないよって、色気で勝とう、ちゅうことかもしれんな」

「なるほど。けど」と富井も相手ベンチを見て、「あんまり色気とは縁がなさそうなオナゴはんですな」

「いやいや、色気いうのは一通りやないで」

仙兵衛は傍《かたわ》らに置いてある双眼鏡を目にあてた。ピントがあうと、丸顔に切れ長の目をした美人顔がアップになった。

「なかなかのべっぴんさんやないか」

仙兵衛は双眼鏡を徐々に下げていく。首筋から胸のあたり、それから腰のまわりを少し念入りに眺《なが》めた。「ユニホームっちゅうのは、あかんな」

「はあ？」と富井がきいた。

「身体のセンが、ようわからん」

「はあ……」

双眼鏡をまたゆっくりと上げていくと、相手の女も彼のほうを見ていた。品定めされていることに気づいたらしい。仙兵衛がにやりとした時、女は横に置いてあった紙に、マジックで何か書いて出した。

くそじじい、と書いてある。

仙兵衛は思わず目を剝《む》いた。

ちょうどこの時、松本商会チームの監督が立ち上がって投手の交代を告げた。そして代わってマウンドに向かったのが、例の女選手だ。

「ほう、あのオナゴはんに投げさせるのかいな」

彼女が出ると同時に、それまで沈みがちだった松本商会応援席から、「待ってました」とか、「いてこましたれー」とかいう声が飛びかいだした。仙兵衛はちょっと驚いて声のほうを見る。そしてそこに座っているのが、小学生か中学生ぐらいの子供数人だと気づいてさらに目を丸くした。

「何じゃ、あの連中は?」

「さあ」と富井も首をひねる。「松本商会とは、関係なさそうですな」

「まあ何でもええ。女の球を打つのも一興《いっきょう》や。遠慮のう、いったれ」

仙兵衛は自軍の選手たちに声をかけた。

マウンドに上がった女投手は、右腕をぐるぐると回している。

「最初から飛ばすよって、しっかり受けてや」

こういわれたのは捕手だ。ミットを上げて応《こた》えてはいるが、何度も自軍のベンチを見て首を傾《かし》げているところからすると、彼女のボールを受けるのは初めてらしい。

だがグラウンドがざわついたのはここまでだった。ウォーミング・アップで彼女が二、三球投げたところで、両チームとも沈黙した。

腕が風車のように一回転すると、今までの投手とは比較にならない勢いで、線を描くようにボールがミットに収まったのだ。

「ええ球や、速いでえ」

またしても応援席の子供たちから声がかかった。女投手はグラブを振って応えている。

「いったい何者や……」

仙兵衛が呟《つぶや》く横で、富井は相手チームのメンバー表を開いた。ずらりと並んだ名前の一番下を指で押さえると、

「ありました。松本商会が助っ人に呼んだみたいです。名前は竹内《たけうち》……竹内しのぶというそうです」

「しのぶか……」

仙兵衛は呟いた。「ええ名前やがな」

その数分後には、連続して二人の打者が三振にうちとられていた。そして女投手は颯爽《さっそう》とマウンドを降りていく。その途中仙兵衛と目が合った。彼女は指を右目の下にもっていくと、彼に向かって思いきりアカンベをした。

2

カップラーメンを三つ籠《かご》にほうりこみ、歩きだそうとしたところで人とぶつかった。すいませんという声を反射的に出す。だが相手の顔を見てから、謝《あやま》ったことを後悔した。相変わらずのイガグリ頭。背は少し伸びたようだ。額《ひたい》の真ん中に、生意気にもニキビを二つこしらえている。しのぶのかつての教え子、田中鉄平《てっぺい》だった。

「カップばっかり食べてたら栄養失調になるで」

にやにやしながら変声期特有の声でいう。しのぶは籠を後ろに隠して、

「これは夜食や。勉強したら、おなかすくよってな」

いってから鉄平の顔を見下ろした。「なんでこんな所にいてるんや。中学生のくせに」

「中学生でも、スーパーぐらい来るで」

「わざわざ電車に乗ってか？　御両親に報告せなあかんな」

「その御両親からの使いやで。この前のソフトのお礼やて」

鉄平は四角い紙包みを差し出した。包装紙に印刷されているのは、しのぶが贔屓《ひいき》に

していたケーキ屋のものだ。

「それを早《は》よいわんかいな。――ふうん、こんな気ィ使てもらわんでもええのに」

相好を崩して、しのぶは包みを受け取った。

じつは先日の助太刀は、鉄平から頼まれたことなのだった。彼の父親が松本商会に勤めており、何とか西丸商店に一矢《いっし》報いたいといっているらしいので、ひと肌脱ぐことにしたわけだ。

しかし結局試合には負けたのだった。しのぶは好投し、二打席連続ランニングホームランを放ったが、それまでの点差が大きすぎた。

「最初からセンセを出してたら楽勝やったのにな。あの監督、アホやで」

「あたしが女やから、頼りになれへんと思てたんやろ。ようあることや。一種のセクシャル・ハラスメントやな」

夕焼けを見ながら、駅に向かって二人は歩いた。しのぶのアパートもその途中にある。住宅が密集していて、やたら一方通行の多い土地だ。

「ところで中学はどうや。勉強、難しいやろ？」

「ぼちぼち」と鉄平の声は小さくなる。

「頼りない返事やな。英語はどうや。ついていけるのん？」

「今のところはなんとか。じすいずあぺん、あいあむあぼーい」

「ちょっとストップ」

最後の角《かど》を曲がり、アパートの前に出るというところで足を止めた。灰色の背広を着た男が入り口のあたりを窺《うかが》っているのが見える。小柄で、少し猫背だ。

「昨日の男や」としのぶは呟いた。

「知ってんの？」と鉄平もひそひそ声で訊《き》く。

「大学の帰りに、後をつけられたんや。痴漢かもしれへん」

「物好きやな」

しのぶは鉄平の頭を掌で叩いた後、よっしゃ、と大きく息を吸った。荷物を鉄平に預け、スーパーの袋からダイコンだけを抜き取ると、ゆっくりと近づいていく。男はアパートの方に顔を向けていて、背後は無防備だ。

一メートル程に近寄った時、

「なに覗《のぞ》いてんねんっ」

背中にいきなり声を浴びせた。男は、ひっと声を出して振り返り、彼女に気づくと、

「あわわ」

と逃げだそうとした。その男の襟《えり》を摑《つか》むと、彼女は手にしたダイコンで頭に一撃をくらわせる。ダイコンは真っ二つに割れ、小男は頭を抱えてうずくまった。

「逃がさへんで。さあ、警察に行こか」

「違う、違いますねん」

男は泣きそうな顔を上げた。

「何が違うねん。痴漢のくせに」

「そんなんと違います。西丸商店の富井という者です」

「西丸？」

「会長の命令で来たんです。是非お会いしたいとかで」


谷町四丁目にある西丸商店は、道路に面した四階建てのビルだった。『学校制服・従業員職服・作業服等の注文承ります』という文字が、社名の下に入っている。ビルの裏にある駐車場で、しのぶと鉄平は富井が運転してきたライトバンから降りた。

「立派な外車もあるくせに、何で僕らはライトバンやねん」

駐車場に止まっているベンツとボルボを見て、鉄平がぼやいた。

「あれは看板です。景気のええところを、お客さんに見せなあきまへんからな。ふだんはめったなことでは使いません。それに動くのは社長専用のベンツのほうだけで、ボルボは廃車を引き取ってきて、体裁《ていさい》だけ整えた代物《しろもの》です。ガソリンも入ってませんし」

「ほんまや。この車のナンバー・プレート、画用紙で作ってある」

鉄平がボルボの前に回り、声をあげた。

「会長のお宅は、会社の裏です」

富井のあとについていくと、ちょっとした料亭風の日本家屋の前に出た。平屋だが奥行はありそうだ。門についているインターホンで挨拶《あいさつ》したあと、富井は中に入った。しのぶたちも後に続く。

玄関の戸を開けると、四十ぐらいの和服姿の女性が出てきた。ふくよかな顔だちで、目尻も眉《まゆ》の端も少し下がり気味だ。そして唇《くちびる》は小さい。彼女はしのぶたちを、奥の間に案内した。ここで待てということらしい。富井は入ってこなかった。

しのぶと鉄平は正座した足をもぞもぞさせながら部屋を見回していたが、そのうちに鉄平が床の間に近づくと、いった。

「センセ見てみ。何か知らんけど、高そうなものが置いてあるで」

それでしのぶも近寄ってみる。なるほど何やら威厳がありそうな壺と刀が飾られている。そして掛け軸は、毛筆で複雑な曲線を描いたものだ。

「ほんまやな。金持ちは、しょうむないことに金をかけたがるものやからなあ」

そういった時、突然襖《ふすま》が開いた。しのぶと鉄平はあわてて座布団のところに戻る。

現れたのは、先日のソフトボールの試合で見た爺《じい》さんだ。やや小柄で顔も小さいが、オールバックにした白髪はなかなか見事だし、背骨もしゃんとしている。

爺さんはしのぶを見るとにっこり笑って、

「西丸仙兵衛や。竹内しのぶさんやな」

と訊いてきた。彼女がそうですと答えると満足そうに頷き、「おまけ付きか」といって鉄平を見た。それで鉄平が膨《ふく》れると、彼は黄色い歯を出してはっはっと笑った。

「そないに怒ることはないがな。わしの好きな言葉を教えたろ。安い、もらう、おまけ、この三つや」

「そのわりには、高そうなものを飾ってはりますね」

床の間に目を移して、しのぶはいった。

「ああ、これか。なかなかええやろ。けど買《こ》うたもんやない。刀は芝居に使うおもちゃ、壺はゴミ捨て場から拾てきたもんや。大方、痰壺にでも使てたんやろ」

「わー、汚な」と鉄平が顔をしかめた。

「そしたら掛け軸も？」と、しのぶは訊く。

「これは今年三つになる孫が書いた落書や。こんなふうに飾っといたら、なかなか格好つくやろ？　所詮そういうもんや」

そういった後、仙兵衛はまた高笑いをした。

「あの、ところで今日はあたしに何の用ですか」

しのぶがいうと、仙兵衛は真顔《まがお》に戻って彼女の顔を改めて眺めた。

「この前の試合、なかなか惜《お》しかったな。あんたがもっと早ように出とったら、西丸チームは負けとったやろ。敵ながらあっぱれやったで」

「あたりまえや」と鉄平がいった。「センセは昔、エースで四番やってんから」

「知ってる」と頷いて、仙兵衛は懐《ふところ》からレポート用紙を取り出した。「実業団からの誘いもあったらしいな。けどあんたは小学校の教師になった。前の勤め先は生野《いくの》区の大路《おおじ》小学校。今は大路をひとまずやめて、内地留学で兵庫県の大学に在学中。卒業したら、また先生というわけか」

「何か不愉快やわ、人のこと調べて」

しのぶは眉の端をぴくりと上げた。

「怒った顔もいけるがな。よっしゃ、はっきり言お。じつはあんたに頼みがある。是非うちの会社に入ってほしいんや」

「ええーっ」

しのぶは鉄平と同時に声をはりあげた。

「うちの会社には、あんたのような人間が必要なんや。頼む。給料は弾《はず》むで」

「なんであたしを？」

「その理由を話すと長《なご》うなる。どうや？　晩飯の用意をさせるよって、酒でも飲みながらじっくり相談しょうか」

「それやったら結構。あたし、ほかの仕事につく気はありませんから」

そういった後、「いくで」と鉄平の背中を叩いて、しのぶは立ち上がった。

「待ってくれ。話だけでも聞いてくれへんか。てっちりの準備も出来る頃やし」

「えっ？」

てっちり――フグちりのこと。仙兵衛の言葉に、襖を開きかけていたしのぶの手が止まった。

「フグ刺しもあるで」と仙兵衛は彼女の内心を見透《みす》かしたように続ける。

「あかんでセンセ」と鉄平がしのぶの袖《そで》を摑んだ。「食べ物につられたらあかん」

「うん、わかってる」

しのぶは小さく頷くと廊下に出た。「竹内さん」と仙兵衛の声が背中にかかる。

その時だ。

うわー、というような叫び声がどこからか聞こえてきた。そしてさらにその直後、何かが地面に叩きつけられたような鈍《にぶ》い音が続いた。

3

「何やろ、今の音？」
二、三秒たってから、しのぶがいった。廊下につっ立ったままだ。
「会社のほうやな」

仙兵衛は呟くと、しのぶたちを押しのけて玄関に向かう。もちろんしのぶたちも彼に続いた。

玄関には、お手伝いの女性も出てきた。仙兵衛の前に素早く履《は》き物《もの》を揃《そろ》える。

「福子さん、懐中電灯や」

「はい」と彼女は手回しよく用意していた。

「今の変な音を聞いたか？」

「聞きました。駐車場やないでしょうか」

うむ、と頷いて仙兵衛は家を出る。しのぶと鉄平、それから福子も後を追う。

時刻は八時前だが、表通り《おもてどお》りと違って街灯がないので駐車場は暗い。懐中電灯で照らしながら仙兵衛は進んだ。十一月にしては、風のない夜だ。

「何にもないみたいやな」

仙兵衛は呟いてから、「竹内さん、あんまり勝手に動かんようにしてください」と、しのぶたちに声をかけた。

「大丈夫です。だいぶ目が馴《な》れてきましたから。――あれ？」

「どうしました？」

「何か変なものを踏んだみたい……」

しのぶがいい終わらぬうちに、仙兵衛は懐中電灯で彼女の足元を照らした。と同時に、ぎゃっと彼女は飛びのいた。

「人や。誰か、倒れてるで」

鉄平が叫んだ。倒れているのは黒っぽい背広を着た男だ。うつ伏せになっている。

仙兵衛は駆け寄って男の顔を見ると、「米岡《よねおか》……」と呻《うめ》くように声を漏《も》らした。

続いて彼が建物を見上げたので、しのぶも同じように上を見た。四階の窓が開いていて、中から明かりが漏れている。

「あそこから落ちたんやろか」と、しのぶはいった。

「福子さん、守衛の森田を呼んできてくれ。それから電話や。病院と警察、それに昭一にも連絡を頼むわ」

はい、と返事して福子は建物の表のほうに駆けていった。仙兵衛は男の傍らにしゃがみ、ようすを見ていたが、

「うちの販売部長や。もうあかんみたいやな。何でこんなことになったんやろ」

悲痛そうな声でいった。

そこに警備員の格好をした、四角い顔の中年男が走ってきた。ここの守衛らしい。

「森田、何にも聞こえへんかったのか？」

仙兵衛の声に森田は身体を萎縮させる。聞こえましたけど、関係ないと——後のほうは口の中でもごもごいっている。

「言い訳はええ。それより救急車が来るまで、ここで見張っといてくれ。わしは上のほうを見てくる」

それから仙兵衛はしのぶたちに目を移した。「あんたらに迷惑をかけるわけにはい

かん。ちょっとの間だけ、家で待っといてんか。車を呼ぶよってにな」

そういうと彼は老人とは思えぬ早足で去っていった。

それでしのぶと鉄平は、ちらちらと振り返りながら西丸邸に向かって歩きだした。

「センセ、これはもしかしたら事件かもしれんで」

鉄平が小声でいった。

「そうやな」と、しのぶは短く答える。

「けどこのまま帰ったら、僕らは全然関係なしやな」

「うん」

「しょうむないことに巻き込まれんで済むわけや」

「うん、済む。鬱陶《うっとう》しい取調べも受けんでええし」

だが二人の声のトーンは徐々にダウンしていく。やがてどちらからともなく足を止め、顔を見合わせた。

「センセ」と鉄平。

うん、としのぶは頷く。そしてその次には、二人は身を翻《ひるがえ》して駆け出していた。

「あっ、どこに行くんですか。家で待っといてもらわんと」

守衛の森田の声も無視して、しのぶと鉄平は建物の表に回った。入り口から入ると、守衛室の前で福子が電話を切ったところだった。彼女は二人を見ると、驚いてしのぶの腕を摑んだ。

「待ってください。旦那さまから、部外者は絶対通したらあかんていわれてるんです」

「あたしは部外者と違うでしょ。一緒に事件に巻き込まれてんから」

「せやから余計に御迷惑をおかけしとうないんです」

しのぶと福子が引っ張り合いをしている間に、鉄平はエレベーターのボタンを押した。やがて箱が下りてきて扉が開いたが、中から仙兵衛が降りてきた。

「こんなとこで、何をほたえて（騒いで）るんや」

「旦那さま、竹内さんがようすを見に行くといってききはれへんのです」

「ふうん」と仙兵衛はしのぶの顔を見たあと、「まあええがな、離したり。それより合鍵を取ってくれ。部屋に鍵かかってて、入られへん」

「合鍵？　あ、はい」

福子は守衛室に入ると、いくつかの鍵が束《たば》になったものを持って出てきた。

「ほなら、行こか」

合鍵を懐に入れた仙兵衛に続いて、しのぶたちもエレベーターに乗った。

四階に着いて扉が開くと、すぐ前にドアがあった。仙兵衛は合鍵の束を取り出すと、老眼で見にくいらしく顔をしかめるようにして一本一本調べ、目的の鍵を見つけだした。

鍵を外して中に入ると、広いフロアに三本だけ蛍光灯がついていた。そしてその蛍光灯の真下にある机の上だけが片付いていない。いかにも仕事中という感じだ。その机に販売部長という札《ふだ》が載《の》っていることから、どうやら残業中に落ちたらしいと、しのぶは推測した。

「なかなかナウい会社やな。こんなものを使《つこ》てるで」

鉄平が興味を示したのは、机の上に置いてあるパソコンだった。何人かに一台の割合で装備されていた。パソコンの横には、『紙を減らそう　資料はノートではなくフロッピーへ』というはり紙がある。

一台だけ電源の入っているパソコンがあった。米岡が使おうとしていたらしい。

「けど、あんまりまともに使てへんみたいやな。表計算のソフトが置いてあるけど、使た形跡がないで」

鉄平がしたり顔でいった。彼はファミコンやパソコンに関しては、ちょっとした権威である。

「こらっ、あんまり触《さわ》ったらあかんで」

鉄平に注意してから、しのぶは窓のほうに寄ってみた。窓の横には大きな本棚が置かれていた。

仙兵衛はその窓から下を覗きこんでいたが、

「米岡も、あほなことしたもんや」

独り言のように呟いた。

「あほなことて?」

「これ見てみい」

彼は足元を指差した。そこには黒い革靴が、きちんと揃えて置いてある。しのぶは、あっと声を出した。「どんな悩みがあったのかは知らんけど、死ぬことはあれへんのになあ」

仙兵衛は、力なく首を二度三度と振った。

数分後に救急車が来た。

「あんたらに迷惑をかけるわけにはいかん。今日のところは電車で帰ってくれるか」

仙兵衛にいわれ、しのぶと鉄平はビルを出た。といっても、このままあっさりと帰れる性分《しょうぶん》ではない。駐車場の金網越しに、パトカーが来て大勢の警官が活動を始めるようすを窺った。幸いこの頃になると近所のヤジ馬も集まってきている。

「ちょっと変やわ」

警察官たちを見て、しのぶは鉄平の耳元でいった。「単なる自殺のわりには、警官が多すぎると思えへん?」

「思う、思う」と鉄平も同意する。

「そうやろ。これはひょっとしたら、何かあるのかもしれへんで」

しのぶが舌なめずりした時、「あっ、ヤバい」といって鉄平が頭を下げた。

「どないしたの?」

「万年ヒラ刑事のおっちゃんや。顔見られたらまずいで」

えっ、と彼女は鉄平が示す方向に視線を向ける。見覚えのある、ずんぐりした体形が目に入った。大阪府警本部捜査一課の漆崎《うるしざき》刑事だ。

「あかん。こんなとこで見つかったら、今までの苦労が水の泡やわ」

しのぶは鉄平の手を取ると、ヤジ馬の群れから抜け出し、俯《うつむ》いたまま足早に歩きだした。漆崎とは顔馴染《かおなじ》みだが、理由があって今は顔を合わせたくないのだ。

途中誰かにぶつかったが、それでもしのぶは顔を上げず、「すいません」というと真っすぐに駅を目指した。

4

　ぼんやりと下を見ながら歩いていたら、突然肩に衝撃を受けた。「すいません」という若い女性の声がする。「いいえ、こちらこそ」と答えながら顔を上げたが、その時には相手の姿はなかった。振り返ってみると、姉弟と思える二人組がどんどんと歩き去っていくところだった。

「暮れが近づくと、大阪の人間は早足になるよってな」

　妙な納得をすると、新藤《しんどう》は再び歩きだした。

　現場に着くと、先輩刑事の漆崎がすでに来ていた。自宅でくつろいでいるところを呼ばれたのか、不機嫌な顔で缶コーヒーを飲んでいる。

「漆《うるし》さん、お早いお着きですね」

　百八十センチの新藤だと、先輩でも見下ろす格好になる。こちら百六十センチそこそこの漆崎は、目だけをちらりと後輩に向けると、

「ビデオ見てるとこやったんや。やっとええ場面になったと思たら電話や。嫌んなる

で。こんなことやったら早送りにして、ええとこだけ先に見といたらよかった」

いまいましいというふうに、鼻毛を抜いた。

「楽しみはとっといたらよろしいねん。それより落ちた男は？」

「病院や。息があったらしいけど、まあ、あかんやろな」

駐車場に行くと、鑑識係や所轄《しょかつ》の捜査員などが検証に当たっている。転落した位置が記されているが、血はあまり流れなかった模様だ。

「米岡伸治。西丸商店の販売部長らしい」

男の名前を漆崎はいった。

「あの窓からですか」

明かりのついている四階の窓を見上げて、新藤は呟いた。「で、何で殺しの疑いがあるんですか」

「それは上に行ってみたらわかる」と漆崎はいった。

ビルにはエレベーターがついていたが、そのドアの横には『お客さま専用』と書いた紙が貼ってあった。そしてそのさらに横には赤字で、『健康と電気料金節約のため階段を使いましょう』と記してある。

「西丸商店は、大阪を中心に業務用衣料品の製造直売をやってる会社や。前社長で、現在会長の西丸仙兵衛の家がこの裏にあるらしい。同居人はなし。お手伝いの大友福子が通《かよ》いでやって来るだけや」

エレベーターの中で漆崎が教えてくれた。

「寂しい隠居生活というわけですな」

「形はそうやけど、本人と会《お》うたらイメージ変わるで。寂しいなんてもんやない。あんな厄介《やっかい》な爺さん、ちょっとおれへん」

漆崎が顔をしかめた時、エレベーターが四階に着いた。

「何でこんなややこしいことをせなあかん。米岡は自殺や。決まってるやないか」

新藤たちが部屋に入ると同時に、怒鳴り声が響いた。声の主は窓際の席でふんぞり返っている。小柄だが和服のよく似合う老人だ。これが西丸仙兵衛らしい。

「しかしですな、いろいろと疑問もあるんです」

その前で背中を丸めているのが、新藤たちのキャップである村井警部だ。彼は窓のほうを向いていった。

「まずこのブラインドですが、御覧の通り壊れてます。この壊れ方から察すると、米岡さんはブラインドに向かって体当たりしたと思われるんです。つまり窓を開けて、ブラインドは下ろしたままで飛び下りたわけですな。こんな怪体《けったい》な自殺がありますかか？」

「現にここにあるやないか」

「せやから、それはまだわからへんのです。今までにはない、ということです。少なくとも、私の記憶にはありません」

「それは、あんたらの経験が不足してるだけのことやないのか」

なるほど、と新藤は思った。漆崎のいった通り、厄介な爺さんだ。

「疑問はまだあります」と村井は辛抱強く続《つ》けた。「米岡さんは、落ちる直前にブラインドに摑まってるんです。ブラインドを吊ってる二つの頑丈な金具のうち、片方が完全に曲がってしもてます。覚悟の自殺やったら、そんなことはせえへんのと違いますか」

するとと仙兵衛はすぐには答えず、ゆっくりとした動作で懐からハイライトの箱を出すと、百円ライターで火をつけて深々と一服した。灰白色《かいはく》の煙が天井に伸びる。

「まあ、そこが」と彼は口を開いた。「人間の悲しい性《さが》やな。死ぬ覚悟をして飛び下りたはええが、やっぱり寸前でこの世に未練が残るんや。それで咄嗟《とっさ》にワラをも摑む気持ちでそのへんのものに摑まってしまう。ようわかるがな、その気持ち」

村井は苛立《いらだ》ったように禿《は》げ頭を掻《か》く。それからため息をついていった。

「そういう解釈も成り立つかもしれませんけど、我々としては不自然やと見てます。つまり、自殺に見せかけた他殺の可能性もあるということです。ちょっとでもそういう可能性があったら、徹底的に調べるのが我々の仕事なんです」

ふん、と仙兵衛は鼻を鳴らす。

「税金で飯食うてるのやから当然やろな」

村井は一瞬むっとした顔になったが、ここでもよくこらえた。

「そういうことです。ですから是非協力していただきたいんですわ。お客さんの名前、教えてください」

すると仙兵衛は両目をつぶり、下唇を出して首をふった。

「それはいえんな。あの人らは関係ない。厄介事に巻き込むわけにはいかん。あんたらが他殺とかいう以上、余計にしゃべれんな」

「いや決して、その人たちに迷惑をかけません」

「そんな言葉、信用でけへん」

仙兵衛は唇を、への字に結んだ。

「いったい何ですか、客の名前て?」

新藤は問題の窓のそばに立ち、村井たちのようすを窺いながら小声で訊いた。

「今夜西丸家には客が来とったらしい。若い女と中学生ぐらいの男の子や。ところがあの爺さん、その二人の名前を頑《がん》としていわへん。ずっとあの調子や」

漆崎はうんざりした目で仙兵衛を見た。

「お手伝いに訊いたらどうです？」

「訊いた。けど、仙兵衛の客ということしか知らん」

「ははあ」

新藤は再び村井たちのほうを窺う。がたんと音をたてて、仙兵衛が椅子から立ち上がったところだった。

「納得でけへんのやったら、何ぼでも調べたらええ。ただし、西丸商店の名前を汚すようなことには協力でけへんよってな」

承知してます、と村井が頭を下げる。仙兵衛は出口に向かいかけたが、途中で振り返ると、

「今晩だけは会社の中を歩きまわってもかめへんけど、明日からは遠慮してもらうで。それからそこの二人」と新藤と漆崎に目を向ける。「足で捜査するのが刑事やろ。今度からは階段を使てや。エレベーターを一回動かすのにも、金はかかるんやからな」

5

「うるさい爺さんやで」

新藤たちのところに来て、村井は口を歪《ゆが》めた。

「自分の会社で殺人事件なんかが起きるはずがない、という口ぶりでしたな」

漆崎の言葉に村井は頷いて、

「爺さんがここに来た時、部屋には鍵がかかってたらしい。で、部屋の鍵は米岡の机の上に置いてあった。せやから自殺しか考えられへんと、まあこれが爺さんの言い分や」

「へえ、つまり密室ですね」

新藤がいうと、村井はげんなりした顔を作り、掌を振った。

「前もって合鍵を作っといたら済むことや。それよりも、自殺するのにわざわざ部屋に鍵をかける方が不自然やと思わんか？」

たしかにそうや、と新藤は頷いた。

「それから、もう一つ気になることが出てきた」

村井はすぐそばの机の上に置いてある、二冊の分厚いファイルノートを手にとった。そしてそれを漆崎と新藤に手渡す。

「この上にあったものや」

そういって彼は窓際に置いてある本棚を指差した。かなり大きいもので、一番上の段は天井に近い。

「この二冊は上から三番目の棚に入ってたんやけど、同じような系統のファイルは全部二番目の棚に入ってる。で、どうやらこの二冊も、同じように入ってたと思える隙《すき》間《ま》があるんや」

村井にいわれて新藤と漆崎は本棚を見上げた。たしかに二冊分のファイルが入りそうな隙間がある。

「さらに妙なことに、その二冊を開いてみると、同じように汚れてるのがわかる」

二人はファイルを開いた。すると村井がいうように、細かい砂のようなものがついているし、おかしなふうに折れ曲がっている頁《ページ》があった。

「床に落としたみたいですな」と漆崎がいった。

「そのとおりや」と頷いてから、「それからもう一つ面白いもんがある」と村井は机の陰から何やら出してきた。見ると、一メートルほどの長さの脚立《きゃたつ》だ。

「これは本棚の横に立てかけてあったものや。どうやら上のほうにあるものを取る時に使うようやな。どうや、このファイルと脚立から、何か思いつけへんか？」

村井が尋《たず》ねるのとほぼ同時に、「なるほど」と漆崎がいった。

「米岡はその二冊のファイルを取ろうと思て脚立に載ってた。そこへ誰かが後ろから忍びよって、米岡の身体を窓のほうに力いっぱい押したというわけですな」

「さすがはウルシやな」と村井はいった。「身体が伸びきってる時に押されたら、こらえようがない。米岡は持ってたファイルを落とし、ブラインドに体当たりしたあと、窓の外へダイビングや。大の男を窓の外にほうり投げるのは困難やけど、これやったら女でも出来る。犯人はそのあと脚立を片付け、ファイルを戻して逃走した。ところがあわててたのか、ファイルを戻す位置を間違えたというわけや」

漆崎が感心したように大きく頷いたので、村井は満足そうに鼻の穴を膨らませた。

新藤はしゃがみこんで脚立を調べてみる。ちょっと思いつくことがあったからだ。

「やっぱりそうですね。足をかけるところに泥がついてない。たぶんこれを使う時は靴を脱ぐのと違いますか。革靴は底が滑《すべ》りますから」

新藤がいう意味を、村井も漆崎も理解したようだ。

「自殺に見せるため、革靴を奇麗に並べるのも犯人の仕事の一つやったというわけか。よっしゃ、これでほぼ見えたな」

村井は何度も首を縦《たて》にふった。

「ところで、この紐《ひも》は何ですか？」

新藤が訊いたのは、脚立に引っ掛かっているビニール製の紐のことだった。荷物を梱包《こんぽう》する時などに使うものだ。一メートル足らずの長さで、輪《わ》になっている。

「それか。わからん」と村井はあっさり答える。「別に事件とは関係ないと思うけどな」

「何でしょうね。脚立を固定するものでもなさそうやし」

漆崎も首を捻《ひね》った。

三人が黙りこんだところで、所轄の刑事がやってきた。西丸商店社長、西丸昭一が現れたということだった。


応接室は二階にあった。新藤と漆崎が入っていくと、四十代前半ぐらいの痩《や》せた男がソファに座って煙草を吸っていた。これが西丸昭一らしい。若社長というわけだ。そしてその横に仙兵衛が座っているのを見て、新藤は逃げだしたくなった。

自己紹介をした後、漆崎が事件の概要を昭一に伝えた。ある程度のことはすでに聞いているらしく、彼の顔に驚きの色はない。仙兵衛はじっと目をつぶったままだ。

「というわけで、いくつか疑問な点もありますので、我々としては何とか納得できる答えを見つけたいと思てます。それで是非協力していただきたいんです」

「いいでしょう。私に出来ることでしたら」

昭一が答えるのを聞いて、おや、と新藤は思った。仙兵衛とは大違いの標準語だ。

「あほらしい」と、その仙兵衛は横でいう。「答えは出てる。米岡は自殺したんや。あとはその理由を探るだけやないか」

「お父さん」

昭一がたしなめるようにいうと、仙兵衛は口を閉ざした。漆崎は下手に注意すると後が厄介だと思っているのか、仙兵衛のほうには見向きもせず、

「米岡さんはよく残業をされるのですか」

と、最初の質問にとりかかった。

「いや米岡に限らず、うちの会社では残業は殆《ほとん》どありません。今夜にしても、残業するという話は聞いてないんですよ」

「すると、勝手に残っておられたわけですか」

「そうなります」

「どうしてでしょうね。心当たりはありますか。たとえば急ぎの仕事があるとか」

昭一は眉を寄せると、ちょっと顔を傾けたが、

「後で米岡の机の上を見てみますが、思い当たることはありませんね」

首を振りながらいった。そしてその後、ふと思いだした顔つきになって、「今週に入ってからなどは、仕事が終わればすぐに帰ってましたよ。用があるからとかいってね。だから今日に限って残業なんてのは考えられないな。しかも土曜日に」

「へえ」と漆崎は足を組む。「その仕事後の用というのは、何やったんでしょう？」

「さあ、早く帰宅するための言い訳だと解釈していたんですがね」

特に気にかけていなかったというように、掌をひらひらと振った。

漆崎は咳払《せきばら》いをひとつして、

「そのほかに何か変わったことはなかったですか」

質問の方向を変える。だがここでも昭一の返事は同じだ。

「何も思いつきませんね。別にいつもと同じだったと思いますよ」

「仕事のほうはうまくいってたのですか」

この漆崎の質問に、昭一は少し間《ま》を置いたあと、

「まあまあというところですね」と答えた。「父の代から働いている人ですしね、べ

テランですからそれなりに」

そしてまた煙草の煙を吐く。気になる反応やなと新藤は感じた。ちらりと仙兵衛に目をやる。白髪の老人は、腕を組み、両瞼《まぶた》を閉じたままで微動だにしない。

「変な質問ですけど、米岡さんを恨《うら》んでいるような人間に心当たりはありませんか」

漆崎がまた矛先《ほこさき》を変えた。

「米岡を？　まさか」

昭一は片方の頬を少し歪めた。「人の良いおじさんという雰囲気の人でしたよ。恨まれるような人じゃない。少なくとも、敵を作るようなタイプの人ではなかったですね」

褒《ほ》めるというよりも、人の良さを揶揄《やゆ》するような口調だった。それから昭一は、すっと背筋を伸ばすと、刑事たちの顔を見返していった。

「断っておきますが、私としては今回の事件は米岡個人の問題だと解釈しています。警察としてはいろいろと調べることもおありでしょうが、うちの評判を落とすようなことだけは御遠慮願いますよ」

さすがは親子や、仙兵衛と同じことをいうてるでと新藤は思った。

応接室を出て、漆崎と新藤が階段で上がっていくと、ちょうど上から村井が下りてきた。村井は二人を見ると、「どうやった？」と声を落として訊いた。

あきません、と漆崎は答えた。村井は渋面を作る。

「ただ、ちょっとだけ気になることはあります」

漆崎が報告したのは、今週米岡は用があるといって早々に帰宅していたことだった。村井も興味を持ったようだ。

「そうか、それは調べる必要があるな」

「まず考えられるのは女ですな」

「そういうことや。——ところで、今夜仙兵衛爺さんのところに来た、客の身元がわかりそうや。爺さんの腰巾着《こしぎんちゃく》に富井という男がおる。その男に尋ねてみたところ、今日その客を西丸邸まで運んだらしい」

「ほう、それはよかったですな。仕事関係の客ですか」

「いや仕事には全然関係ない。女子大生らしいで」

村井は意味 あり気な笑みを浮かべていった。それを聞いて漆崎の口元も緩《ゆる》む。

「西丸の爺さんも、ええ歳《とし》してようやりますな」

「ほんまやで。それでウルシと新藤、悪いけどこれから富井のところに行ってくれ」

6

事件の翌日は日曜日だった。しのぶはチャイムの音で起こされた。

「いったい誰や、こんな朝早《はよ》うから」

文句をいいながら布団から出ると、大急ぎで着替えた。その間もチャイムはうるさく鳴り続けている。やかましいなあとドアの覗き穴から外を窺うと、手で口や目を引っ張った変な顔が二つ並んでいた。

「もうっ、この悪ガキが」

しのぶがドアを開けると、子供たちは顔から手を離し、「センセ、おはよう」と挨拶した。一人は田中鉄平、もう一人はやはりかつての教え子である原田郁夫《いくお》だ。

「朝っぱらから何の用や」

怒りをこめていったが、この二人には通じない。原田などはそれには答えず、

「あかん、我慢でけへん」

といって靴を脱ぐと、勝手に台所を通ってトイレに駆けこんでしまった。

「今朝は冷えるよってな」

年寄り臭いことをいいながら、鉄平も上がりこんでくる。そしてテーブルの前に座ると、早速クッキーの缶に手を伸ばした。しのぶはその手をぴしゃりと叩く。

「何の用やて訊いてるんや」

「痛いなあ。せっかく協力しに来たのに」と鉄平は叩かれた手をこすった。

「協力？」

「うん。昨日のことで、どうせ警察はここに来るやろ。それやったら僕も一緒におったほうがええと思てな。センセの記憶だけでは、頼りないこともあるやろし」

「ふん、何を生意気なこというてるねん。あたしの記憶力の良さを舐《な》めたらあかんで。あんたの通知表の内容なんか、今でも覚えてるぐらいや」

「そんなもん、思い出さんでええちゅうねん」

鉄平はうんざりした顔をし、クッキーをひとつ口にほうりこんだ。

——そうやな。田中のいう通り、どのみちここにも刑事が来るやろな。

しのぶは昨夜見た漆崎のことを思いだした。漆崎がいたということは、相棒《あいぼう》格の新藤もいるはずだった。あの若い刑事は、かつて彼女にプロポーズしたことがある。だが結局彼女は、教師としての勉強を新たに始める道を選んだのだった。そしてこのアパートに越してきてからは、彼とは一切連絡をとっていない。実家の家族にも、ここの住所は秘密にするようにいってあった。とりあえず今は、勉強のことだけを考えたいからだった。

――今度のことで、雲隠れも終わりかもしれへんなあ。

それもいいかな、としのぶは思った。そろそろ新藤たちのことが懐かしくもある。

「そうや、まだ朝刊を読んでへんかったわ」

新聞受けから朝刊を抜き取ると、真っ先に社会面を開いてみる。どんな記事になっているかと期待したが、一番下の隅のほうに、『四階から転落死　谷町四丁目の衣料品会社社員』という小さな見出しがあって、事件の概要を記してあるだけだった。

「なんや、扱いが小さいな」

しのぶが不満を漏らすと、

「そら、しょうがないで。あれだけのことやもん。世の中には、もっと大きい事件があるんや」

鉄平がわかったようなことをいう。その鉄平の脇を、原田は肘《ひじ》でつついた。

「久しぶりに事件に首つっこめてメチャメチャ喜んでるねんから、ケチつけるようなこというたらあかんやんけ」

「あっ、そうやな」と鉄平は頭を掻いた。「ごめんごめん」

しのぶが二人を睨《にら》みつけた時、玄関のチャイムが鳴った。はーい、と返事したのは原田だ。背伸びして覗き穴に目をつけると、しのぶのほうを振り返っていった。

「センセ、来たで。ヒラと万年ヒラのおっちゃん二人や」

「えっ」としのぶは立ち上がる。原田が玄関の鍵をあけると、ドアの隙間から、

「誰が万年ヒラや」

漆崎が顔を出した。


「葉書の一枚もなしとは、先生も水臭いわ。住所は書かんでも、元気にしてますの一行だけでもあったら安心しますがな」

新藤が恨めしそうにいうと、

「ほんまでっせ。こいつなんか、先生が行方《ゆくえ》くらましてから半年ほどは、いっこも仕事に身が入ってへんかった」

横で漆崎は、にやにや笑った。

「すいません」と、しのぶは頭を下げる。「けど、いろいろと忙しかったから」

「それはまあ、わかってますけど」

そういって新藤は湯のみ茶碗を口元に運ぶが、二人の子供の視線に気づいて手を止

める。鉄平たちはクッキー缶が空《から》になってしまうと、手持ち無沙汰《ぶさた》なように新藤たちとしのぶの顔を見較べていた。

「君らも君らやで。先生の居所を知っとったら、こそっと教えてくれんかい」

「そんなこといわれても、僕らがバラしたとわかったら、後でどんな目に遭うかわからんもんなあ」

鉄平がいうと原田も、我が意を得たりというように大きく頷いた。

「ほんまやで。どつき回されるのがオチや。こうやって自然にバレてくれて、ホッとしたわ。もう隠さんでええもんなあ」

「大層なこというで。あたしがあんたらをどつき回したりするかいな」

しのぶの言葉に二人は顔を見合わせて首をふった。

「さて、しのぶセンセのことは置いといて、事件の話にかかりましょか」

漆崎がいうと、「はい」としのぶは元気よく返事した。

しのぶは自分と仙兵衛との関わりや、事件発生時のことなどを細かく話した。大抵のことは漆崎たちも知っているようで、確認という形だ。

「関係者の供述はだいたい一致したということか」

そういうと漆崎は不精髭《ぶしょうひげ》の伸びた顎《あご》をなでた。

「警察のほうでは、どう見てるんですか。やっぱり自殺ですか」

「ええ、まあ、そうですなあ……」

漆崎は歯切れ悪くぼかそうとしたらしいが、

「殺しのセンです」と新藤が横からいった。「あれは殺しに間違いありません」

「あほ、何いい出すんや」と漆崎はあわてる。

「よろしいがな、先生にはしゃべっても。久しぶりに会うてんから、土産《みやげ》の一つぐらいないと」

そうやそうや、と鉄平たちも応援する。その声に押されて、新藤は他殺説の根拠をしのぶに話した。漆崎はあきらめたのか、仏頂面《ぶっちょうづら》で横を向いている。

新藤の話を聞くと、しのぶはワクワクしながら掌を胸の前で組んだ。最近久しく、こういう刺激的な出来事に遭遇していない。

「そうすると犯人は米岡さんを突き落とした後、あたしらが駆けつけるまでの間に逃げだしたということですね。誰にも見つからんと逃げられるのかな？」

しのぶが考えこむと、

「それがじつは難しいんです」と漆崎がいった。「非常口が使われた形跡はないから、逃げるとしたら正面玄関からしかない。ところがそこでは守衛が見張ってます。

ということで、他殺説も強くはないと――」

だがここでまた新藤が口を出した。

「けどこの問題はクリアーできるんです。あの守衛を問いつめたところ、殆ど奥の部屋でテレビを見とったらしい。つまり犯人も楽勝で逃走できたわけです」

なるほど、としのぶは納得する。逆に漆崎は、むっとした。

さらにしのぶは疑問を口に出す。

「あたしらが四階に上がった時、部屋には鍵がかかってました。たぶん合鍵を作ってあったんでしょうけど、そんなに簡単に作れるんですか」

「それがなかなか難しくて」と漆崎がいいかけたが、

「簡単らしいです」と新藤。「部屋の鍵は、社員やったら誰でも持ち出せるから、そのへんの鍵屋に頼んだら一発です。問題は社外の人間が持ち出せるかどうかですね」

「ふうん……すると、社内の人間が怪しいということになりますねえ」

しのぶがいうと、漆崎は頭を掻きむしってから大きくため息をついた。

「そういうことになりますけど、正直いうてほんまにまだ何もわからんのです。仮《かり》に他殺やったとしたら当然動機があるわけですけど、今のところ何も出てけえへんし」

「ふうん、動機ねえ……」

「まあ、とにかく会社の人間からの聞き込み次第ですよ。それにしても――」

新藤はにやにやして彼女の顔を見つめた。「さすがに先生は、ようモテますね。中学生から七十のおじんまで」

「この前なんか、向かいの犬までセンセの顔見て尻ふってたで」

横から鉄平がいう。直後、そのイガグリ頭にゲンコツが飛んでいた。

7

しのぶのアパートを出ると、新藤と漆崎は米岡の家に向かった。昨夜、別の捜査員が事情聴取しているが、到底落ち着いて話せる状態ではなく、今日改めて漆崎たちが担当することになったのだ。

「ほんまにもう、おまえの口の軽さにはあきれるで」

ズボンのポケットに両手を入れ、背中を丸めて歩きながら漆崎はぼやいた。しのぶの部屋を出て以来、ずっとこの調子だ。

「まあよろしいやないですか。しのぶ先生というたら、ひとつ間違《まちご》うたら俺の嫁はんになってた人なんやから」

新藤のほうは上機嫌で答える。久しぶりにしのぶに会えたことで、身も心も軽いのだ。

「何がひとつ間違うたらや。結局はフラれたんやろ」

「タイミングが悪かっただけですがな。今あわてて結婚するのは、お互いにとっても良うないと、先生は判断しはったんです」

「ふん、人間ちゅうのは自分に都合よう解釈したがるもんやからな。長生きするで」

漆崎が悪態をついたが、今の新藤には全然こたえない。にやにやしながら鼻歌まで歌い出した。

そんなやりとりを交《か》わしながら歩いていると、やがて密集した住宅街に入った。細長い二階建ての家が、ずらりと並んでいる。そしてその中の一つが米岡の家だった。小さな駐車場に、おもちゃのような軽自動車が止まっている。雨戸は閉まったままだ。

「さあいよいよ一番辛《つら》いお勤めや。そのにやついた面《つら》、なんとかせんかい」

漆崎にいわれて新藤は、自分の頬を二、三度叩いた。

米岡の妻は、小柄で痩せた女性だった。年齢は四十半ばのはずだが、見た感じだと五十過ぎぐらいに思える。無論、夫を亡《な》くした直後だからだろう。

「最近、ちょっと元気がなかったことは事実です」

彼女は、膝の上に置いた手を見つめながらいった。米岡に何か変わったようすはなかったか、という質問に対する答えだ。

「悩みごとでもあったんですか」

新藤が訊く。しかし彼女は首を傾《かし》げると、

「そんな感じでしたけど、何を考えてるのかはわかりませんでした。会社のことを、家では話せへんかったものですから。だいたいが無口な人なんです」

「元気がないと感じるようになったのは、いつ頃からですか」と漆崎が訊いた。

「さあ」と彼女は頬に手を当てた。その手も細い。「いつ頃からかはわかりません。とにかく最近は、自分の部屋にこもって考えこんでることが多かったです。何か一人でぶつぶついうてることもありました」

ほう、と新藤と漆崎は顔を見合わせた。

「ただ……もし自殺やったとしたら、ひとつだけ腑《ふ》に落ちんことがあるんです」

米岡の妻はぽつりといった。

「何ですか」と漆崎が訊く。

「四階の窓から飛び下りたということです。私の知ってるかぎりでは、あの人、そんな死に方は絶対しません。なんでかというと、あの人、高所恐怖症なんです。それも極端な。遊園地の観覧車に乗っても怖《こわ》がるぐらいでした」

ここでもまた刑事たちはお互いの顔を見る。自殺説を崩す材料が、また一つ増えたわけだ。

「失礼なこと訊きますけど、交際関係のほうはどうでした？　誰かといさかいを起こしたとか、そういうことはなかったですか」

漆崎の質問の途中から、米岡の妻は首をふり始めていた。

「そういうことは全くありません。ほんまに気の弱い人なんです。いいたいこともよういわんと……。けど西丸の御隠居には、あんたの旦那はそこが取り柄《とりえ》やと、ようゆうてもらいました」

「そうですか」

次に漆崎は、今週に入ってから米岡が早々に退社していたことを話した。そしてその理由について尋ねてみる。だが彼女は、そんなことは全然知らなかったようすだ。

「今週に入ってからは、ずっと帰りが遅かったんです。せやから残業やとばっかり」

そして不安そうな目になる。自分の亭主が隠し事をしていたと思ったからだろう。

彼女の脳裏に浮かんだことは、新藤や漆崎が考えていることと同じに違いない。つまり女性関係だ。

「いや、別に事件とは関係ないと思いますけど」

新藤は慰《なぐさ》めのつもりでいってみたが、雰囲気は好転しなかった。

この後二人は米岡の部屋を見せてもらうことになった。四畳半の和室で、小さな座卓と本棚がある。読書家だったらしく、かなりの数の書物が乱雑に置かれていた。

「勉強家やったんですな」

漆崎は座卓の前に座ると、本をひとつひとつ手にとった。新藤は本棚のほうを見る。少ししてから、「おっ」と漆崎が声を出した。

「どうしました?」

「こんなところに紙袋を隠してある。いったい何やろ」

漆崎は座卓の下から白い紙袋を引っ張り出してきた。そして中身を調べる。袋の中には六冊の本とルーズリーフのノートが入っていた。

「あっ、この本は――」

新藤は声を上げた。

8

しのぶのところに仙兵衛から連絡があったのは、水曜日の朝早くだった。これから家を出ようとした時に電話が鳴ったのだ。

この前の話の続きをしたいので、今日にも会いたいというのが彼の申し出だった。この前の話というのは、しのぶを西丸商店に迎えたいというものだろう。しのぶのほうには受ける気は全くない。しかし会うことは承諾した。少しでも内部の様子を探って、事件解決の糸口を見つけたいというのが本音《ほんね》だ。

この日の大学の講義は午前中だけだった。昼過ぎに梅田駅の近くで待っていると、富井が例のくたびれたライトバンで迎えに来てくれた。

「昨日は米岡さんのお葬式やったそうですね」

車に乗りこむなり、しのぶはいった。

「そうです。米岡さんは目立たん人でしたけど、大勢の人が来てました。やっぱり人柄ですやろな」

「事件については、何かわかりました？」

「さあ、どうなんでしょうねえ。会社にも葬式会場にも刑事が来てましたけど、何を調べてるのやら。あれは自殺に決まってますがな。西丸商店の社員にかぎって、人殺しに関わったりしません」

「富井さんは何か訊かれへんかったんですか。たとえば……自殺の動機に心当たりはないか、とか」

「そら……ちょっとは訊かれました。けどまあ私らなんか、人の悩みを理解できるほど神経が細こうにできてませんからな」

そういって富井はラジオのスイッチを入れた。聞こえてきたのは、関西では有名なベテランの漫才。だがこの時は特に面白くもなく、「あはは、あほなことというてますなあ」と笑う富井の表情が、妙にわざとらしく見えた。

西丸邸につくと、今日は部屋には通されず、仙兵衛自ら玄関に現れた。しのぶを見ると嬉しそうに目を細めたが、その目が少し赤いのがわかる。やはり通夜《つや》やら葬儀やらで、疲れがたまっているのだろう。

「よう来てくれた。さあ、行こか」

仙兵衛は草履《ぞうり》を履《は》いた。

「どこに行くんですか」

「決まってるがな。会社や。あんたに会社を見てもらわんことには話になれへん」

そういうと、さっさと歩きだしてしまった。

しのぶは仙兵衛の後に続きながら、事件について尋ねてみた。

「あれは自殺や。せやから、その理由を探る必要はあるな。けどそれは警察の仕事やない。わしらがやることとや」

「でも、いろいろと疑問もあるんでしょ？　他殺のセンもあるとか……」

するとと仙兵衛の足がぴたりと止まった。そしてしのぶを振り返る。「そんなこと、誰に聞いた？」

しのぶは、刑事たちが自分の知り合いであることを正直に話した。ふん、と仙兵衛は不愉快そうに鼻を鳴らす。

「知り合いは選ばなあかんで。あんたの品性が疑われる」

「会長さんは、米岡さんの自殺に心当たりはあるんですか」

すると仙兵衛は一瞬虚をつかれたような顔をし、すっと目をそらせた。

「さあな、わしはもう引退しとる身やから」

それから彼は目線を戻し、しのぶを見るとにっこりと顔を崩した。「せっかく来てくれたんやから、そんな不景気な話はやめとこ。さあ、行くで」

　西丸商店ビルは、一階と二階の一部が工場、三階と四階がオフィスになっていた。工場では多くの機械が動いていて、その間に作業員がいる。

「また新しい機械が入ったみたいやな」

　ざっと見渡してから仙兵衛がいった。

「はい。コンピューター制御の最新機やて、社長がいうてはりました」

　富井が答える。ふうん、と仙兵衛は首を縦に二、三度振ってから、

「それはすごいな。で、何をコンピューターで制御してるんや」

と尋ねた。富井は一度大きく息を吸い込むと、「それはまあ、いろいろなことでしょう。コンピューターていうくらいやから」と曖昧《あいまい》ににごした。

「ふうん、まあええわ」

　仙兵衛もそれ以上は突っ込まない。「ところで工場長の浜やんは、まだ休んでるのか」

「はい。頭痛がして、胃腸の具合も悪いから、しばらく休むという話でした」

「それはいかんな。医者にはかかってるのやろ」

「かかってますけど、なかなか良うならんらしいです」

「浜やんも、五十過ぎたからなあ」

仙兵衛がため息をつく横で、しのぶはもう一度工場内を見回してみた。たしかにものすごい勢いで製品が作られている。作業員たちは、機械のスピードについていくだけで精一杯という感じだった。

四階のオフィスに行くと、あんな事件があった直後とは思えぬほど、整然と業務が行われていた。前に来たのは事件の夜だが、社員たちが揃っているとさすがに活気がある。

仙兵衛の顔を見て、社員たちは笑顔で挨拶してきた。だがしのぶに気づくと、不審そうな目に変わる。そんな視線を無視して、しのぶはオフィスの中を観察した。

「販売実績の推移を整理したデータがミスだらけじゃないか。いったい誰が担当しているんだ」

厳しい口調で怒鳴っている男がいる。見ると、壁際に座っている男が鋭い目つきで回りを睨《ね》めつけていた。これが社長の昭一に違いないと、しのぶは直感した。そしてその男のすぐ横にある窓が、先日米岡が落ちたものだ。

彼の問いに対し、そばにいた社員が小声で、「米岡さんです」と答えた。

「死人じゃ、叱《しか》るわけにもいかないな」

書類を机に投げ捨てて、昭一は舌打ちした。

やがて彼は仙兵衛たちに気づくと、大股で近づいてきた。

「何か御用ですか」と、つっけんどんに訊く。

「用がなかったかて、来てもかめへんやろ。自分の会社やねんから」

仙兵衛は昭一とは目を合わさずにいった。

「それはそうですが、忙しい時期ですからね。特に用がなければ、日を改めていただけませんか」

「別に邪魔するわけやない。この人に会社を案内してるだけや」

『この人』といわれて、しのぶはお辞儀をした。昭一は眼鏡をちょっと上げるしぐさをして彼女を見ると、「どなたですか」と訊いた。

「秘書候補や」と仙兵衛は答えた。それで昭一も驚いたようだが、しのぶもびっくりした。今初めて聞く話だ。

「というても、まだくどいてる最中やけどな」

「お父さん……今さら何ですか、秘書だなんて」

昭一は吃《ども》りながら父親と見知らぬ若い女の顔を見較べた。

「何を早合点しとるんや。秘書というても、わしのやない。おまえの秘書や」

「えーっ」と、しのぶは声を上げた。

「馬鹿馬鹿しい、何をいい出すんです」

昭一は吐き捨てるようにいい、金縁眼鏡を外してレンズの曇りを拭《ふ》いた。

「わしは本気やで。今、うちの会社にはこういう人が必要や」

仙兵衛はしのぶの肩に手を置いた。昭一は首をふって、

「どういうコネクションがあるのかは知りませんが、この女性を社員として雇《やと》ってくれという話なら相談に乗りましょう。だけどそういう無茶なことはいわないでください。お父さんだって会社が大事でしょう？」

すると仙兵衛の眉がぴくりと動いた。じろりと息子の顔を見る。

「ほう、一人前のことをいうやないか。社員の自殺問題すら満足に解決でけへんくせに」

「何ですか、いったい。あのことは別に関係ないでしょう。それにこのとおり、会社は立派に機能していますよ」

「ふん、何が立派や」

仙兵衛はまた横を向いた。

昭一が何かいおうとした時、社員の一人が彼に電話がかかっていることを告げた。それで彼は諦《あきら》めたように自分の席に戻る。その背中を見て、仙兵衛はゆっくりとかぶ

りをふった。

引き上げる前に、しのぶはもう一度オフィスの中を見渡してみた。すると、結構いい歳の中年女性がパソコンを操作しているのが目に止まった。それで後ろから近づいてみる。だがその女性が膝の上に置いている物を見て、「あっ」と思わず声を出した。その女性はぎくっとして振り返った。そして膝の上の物を素早く机の下に隠すと、

『黙っててください』

とでもいうように、唇に人差し指を当てた。


この日の夜八時頃、しのぶのアパートに新藤が訪ねてきた。近くまで来たから寄ったのだという。見え見えの嘘だが、しのぶは信用したふりをしてやることにした。こんな時間に部屋に入れるわけにはいかないので、近くの喫茶店に出かけた。

「他殺説は、ちょっと怪しなってきました」

コーヒーをブラックで啜《すす》ってから、新藤は元気のない声でいった。

「どういうことですか？」と、しのぶはパフェにスプーンをつっこむ。

「あの夜、西丸商店のビルの前に駐車してたトラックがあるんです。その運転手から話を聞いたところ、悲鳴が聞こえてから騒ぎが大きくなるまで、ずっとビルの玄関を

見てたらしいです。で、その男の証言を整理すると、仙兵衛氏やしのぶ先生ら以外には、誰も出入りしてへんようなんです」

「へえ……」

誰も出入りしていないということは、現場には米岡以外いなかったということだ。そうなると彼が一人で勝手に落ちたと解釈するしかない。

「けど、自殺にしては疑問が多すぎるんでしょ？」

「そうです。まず一番の疑問はブラインドですな。なんで体当たりしたみたいに壊れてたのか？　それからもう一つ、米岡氏は高所恐怖症やったらしいです。そんな人間に飛び下り自殺なんかでけへんと思います。どうせ死ぬねんから一緒やと思うのは間違いで、そういう時こそ人それぞれの好みが出るもんなんです」

「その意見は賛成。あたしやったら首吊りだけは嫌やな。垂れ流しになるて聞いたもん。あっそれから列車に飛び込むのも嫌。死体がグチャグチャになるんでしょ？」

パフェのクリームをかきまぜながらいう。新藤はネクタイを緩め、唾《つば》を飲みこんだ。

「別に先生のことは訊いてません」

「たとえ話です。そうやな、水死も嫌やし、刃物は痛いし……悩むわあ」

「別に悩まんでもよろしいがな。先生のことやから、これでもかっちゅうぐらい長生きしまっせ」

「ちょっとそれ、どういう意味？」

しのぶが睨みつける。

「僕の願望ですがな。――あっそうや、また一つ謎が生まれたんやった」

「ごまかして……何ですか、新しい謎て？」

「ほら、現場にあった脚立にビニール紐の輪が引っ掛かってたというたでしょ。じつはあの紐から米岡氏の指紋が出たんです」

「米岡さんの？　なんでやろ？」

「わかりません。捜査員全員が頭捻《ひね》ってます」

新藤は首の後ろを叩くと、疲れをほぐすように肩を回した。腕のつけ根のあたりから、ポキポキと関節の鳴る音がした。

「やっぱり単純な自殺と考えるには、あまりにも変なことが多すぎますねえ」

空になった器《うつわ》の中で、しのぶはスプーンをからからと動かす。すると新藤も冷《さ》めたコーヒーを飲み干した後、

「けどね、米岡氏が自殺する動機は、じつはあったんです」

と声をひそめていった。えっ、としのぶはテーブル越しに身を乗り出す。

「それ、本当ですか」

「ほんまです。米岡氏は先週会社を出た後でどこに行ってたか、それが判明しましてね、その関係でいろいろと浮かび上がってきたんです」

そして新藤は、彼と漆崎とで組立てた推理をしのぶに話した。たしかにそれは自殺の理由として、考えられなくもない。しかもそれは今日彼女が西丸商店で感じたことと、密接に繫《つな》がっていた。

「何人かの社員たちから聞き込みをして、かなり裏付けはとれてるんですよ。ただ決め手がない。というのは、米岡さんのことをよう知っているはずのベテラン社員たちが、どうも正直に話してくれへんからなんです。歯切れが悪いし、曖昧にぼかすし」

「ああ、そういえば」

しのぶが思いだしたのは、今日の富井のようすだ。自殺の動機の話になると、彼も急によそよそしくなったのだ。

「やっぱりそうですか。これは、何かありますな」

新藤は思案顔をすると、大きな動作で腕を組んだ。

9

翌日しのぶが大学から帰ってくると、アパートの前で鉄平と原田がボール投げをして遊んでいた。彼らはしのぶに気づくとあわてて並び、「センセ、お帰りなさい」と馬鹿に深く頭を下げた。

しのぶは二人の顔をじっくりと観察すると、

「狙《ねら》いは何や？」

と、少し抑えた声で訊いた。「どうせ下心があって来たんやろ？」

「そんなもん別にないで。あの事件のことで、何か協力しよと思て」

なあ、と鉄平は横の原田にいう。そうそう、というように原田は首を縦に動かした。

「何が協力や。あんたらに助けてもらうようでは終わりやで。とぼけんと、正直にいい。ほんまは『協力しよと思て』やなしに、『協力してもらおと思て』やろ？」

すると途端に二人の顔がにやーと緩んだ。

「じつはそのとおりやねん。テストの前のＳＯＳや。数学と英語、頼むわ」

鉄平がいい、原田は顔の前で手を合わせた。

「だいたい日本の英語教育はおかしいで」

教科書を持ったまま、鉄平は畳の上にごろんと横になった。まだ勉強を始めて十分もたっていないのにこれだ。小学生の時と少しも変わっていない。

「何でいちいち英文を日本語に直さないといかんのや。いうてる意味がわかってたら、もうそれでええやないか」

「えらいぼやいてるな」

「鉄平はこの前の英語のテストで、和訳した時の漢字を間違えてペケにされたから怒ってるんや」

原田が解説した。『それは私の本です』て書くところを、『それは仏の本です』て書いたんや。笑うやろ」

あはは、としのぶは笑った。「そら、ペケにされてもしょうがないわ」

「けど、察してくれてもええと思えへん？　頭の固いオッサンやで」

鉄平は膨れっ面をしてから、「ところであの事件はどうなったん？」と訊いた。

「どうもなってない。あのままや」

「ふうん、ヒラ刑事のおっちゃんらも今回は苦戦か」

鉄平はまた身体を起こし、座布団に座り直した。だが勉強に身を入れる気はあまりなさそうで、「あの爺さん、ケチで有名らしいな。お父ちゃんがいうてたで」とまた話題を事件のほうに向けた。

「そうらしいわ。新藤さんら、刑事やったらエレベーターなんか使わんと階段使え、ていわれてんて」

しのぶが新藤から聞いた話をすると、子供たちも驚きの声をあげた。

「すごい爺さんやな。ということは自分もふだんは階段を使《つこ》てるねんやろな」と鉄平。

「そうやろな。何しろ元気や」

「そうか、それであの時も階段を使たんやな。これでわかった」

鉄平は何かを合点したように頷く。「何や、あの時て」としのぶは訊いた。

「そら例の事件の夜や。爺さん、僕らより先に四階に上がっていったやろ。その時のことや」

ああ、としのぶは思いだすと、

「まさか。あの時はさすがにエレベーター使たやろ。電気代なんかケチってる場合やないし」と笑っていった。

　だが鉄平は少し真顔になって首をふった。

「そんなことないで。あの時は階段を使て上がったんや。下りはエレベーターを使てたけど」

「えらい自信満々やな。見てたみたいに」

「見てへんけどわかる。あの時僕ら、爺さんよりもだいぶ遅れてビルに入ったやろ。守衛のおっさんに引き止められたりしたもんな。で、僕らが守衛室の前でお手伝いさんともめてたら、エレベーターで爺さんが下りてきた」

「うん。部屋に鍵かかってるとかいうて」

「その時僕、おかしいなあと思てん。だいぶん先に上がったはずやのに、この爺さん今まで何してたんやろと」

　はっと、しのぶは息を飲んだ。そういえばそうだ。今まで考えもしなかったが――。

「それで僕、思たんや。爺さんは階段で上がってんなと。あの歳やし、階段で四階まで上がっとったら、そら時間かかるわな」

　ここでしのぶは立ち上がった。その勢いがあまりにすごいので、子供たちは後ろにのけぞった。

「鉄平っ」と、しのぶは叫んだ。それを聞いて鉄平は頭を隠す。その彼を見下ろして、彼女は続けた。

「すぐに新藤さんに連絡や。謎が解けた」

10

煙草の煙がもうもうとしている。まるで捜査員たちの心中を表しているようだった。谷町警察署の会議室内である。

「なんでこう次から次と、怪体《けったい》な話を持ってくるんや」

吐き捨てるようにいうと、漆崎は湯のみ茶碗を口元に運んだ。だがその中は空だったらしく、いまいましそうに机に戻した。

「そんなことというても、鑑識から出てきたことやから仕方おません。俺かて、こんなややこしい話はしとうないんです」

新藤も不機嫌な声でいった。

彼が鑑識から仕入れてきた情報というのは、ブラインドと、それを吊っていた金具の強度に関する話だった。ブラインドの歪み方と金具の曲がり具合から見て、今までは米岡がブラインドに体当たりした上に、落ちる直前にぶら下がったのではないかと考えられていた。しかし鑑識で調べた結果、そういうことはありえないと判明したのだ。というのは金具の強度は意外に大きく、仮に米岡がブラインドにぶら下がったなら、金具が曲がる前にブラインドの方が完全に壊れてしまうはずだというのである。

「物事には弾《はず》みということがある。理論的にいかんこともあるのと違うか」

漆崎が苦しい顔つきでいう。その顔を見ながら、

「自称理論派の漆さんが、そんなことをいいだすようでは終わりですな」

新藤は、ちょっとからかう調子でいった。

その時電話のひとつが鳴り出した。そばにいた刑事が受話器を取る。その刑事は少し妙な顔をしてから新藤にいった。

「電話です。中学生から」

11

平日の昼間だというのに、西丸商店の四階オフィスには一般社員の姿がなかった。

社長の昭一が、全員に席を外すよう命じたからだった。そしてその昭一に命じたのは仙兵衛であり、仙兵衛にそうしてくれるよう頼んだのは、しのぶだった。

がらんとしたオフィスに昭一と仙兵衛、それからしのぶと鉄平たちがいる。

「何を始めるのか知らないけど、手短に頼みますよ。忙しいんですからね」

昭一は仏頂面をしている。事件の真相を話したいから集まってもらったのだとしのぶが説明したのだが、彼はあまり興味がなさそうだった。

やがて階段の方から足音がして、新藤と漆崎が上がってきた。二人揃って息が荒い。

「えらい遅なりまして」と漆崎がいった。「エレベーターは使てまへんで、会長」

その仙兵衛は少し口元を緩めただけで、両目を閉じたままだった。

「そしたら始めましょか」

しのぶは例の窓に近寄った。「今度の事件は、いろいろとおかしなことがありました。自殺としても他殺と考えても疑問ばっかりです。ということは結局答えはこれしかないんです」

そして一同を見回して続けた。「事故です」

ええっ、と声を出したのは新藤だ。昭一はふっと含み笑いを漏らす。

「頭がどうかしてるんじゃないかい。あれのどこが事故だというんだ」

だがこの言葉を無視して、しのぶは続ける。

「米岡さんは本棚のファイルを取ろうとして脚立に載った時、何かの拍子にバランスを崩したんです。それで、窓の方にもたれかかろうとしはったのやないかと思います。ところが予想外にも、窓が開いてたんです。あの夜は風がありませんでした。たぶん換気か何かの目的でこの窓を開けてあったんでしょうけど、ブラインドが下りてたので忘れてはったのやないでしょうか。米岡さんはブラインドに体当たりするような格好で、窓の外に飛びだしてしまいました」

「なるほど」と新藤が手を叩いた。「ブラインドに関しては、筋が通ってる」

「しかしそれ以外は矛盾だらけじゃないか。もしそういう事故だったなら、脚立はその場に残っていたはずだ」

昭一は唇の端を歪めていった。

「たしかにそうです」と、しのぶは頷いた。そして仙兵衛を見ながらいった。「せやから、誰かが脚立を片付けたとしか考えられません。ついでにその人は落ちてたファイルを本棚に戻し、部屋に鍵をかけて外に出ました。そして合鍵で二度目に入った時、最初の鍵をこっそりと米岡さんの机の上に置いたんです」

彼女の視線につられて、全員が仙兵衛を見つめた。白髪の小柄な老人は、相変わらず瞼を閉じたままで動かない。

「会長さんは、米岡さんの事故死を、何とか自殺に見せかけようとしはったのです」

「お父さん、本当ですか？　どうしてそんな馬鹿なことを……」

昭一は仙兵衛の前に駆けよると、その肩を摑んだ。するとここで初めて仙兵衛は目を開いた。そして真っすぐに息子の顔を見る。

「なんでこんなことをしたか、おまえにはわからんやろな。おまえみたいな阿呆には」

「阿呆って……どういうことです」

昭一は挑むような目で見返した。その彼の横顔に、しのぶはいった。

「会長さんは、米岡さんの死を自殺に見せかけて、その自殺の理由を社長さんに考えてもらおうとしはったんです」

「何をいってるんだ、自殺じゃないのに、理由なんてあるはずがないじゃないか」

「いや、ありまっせ」

この時横から口を挟んだのは新藤だった。彼は一歩前に出ると、「米岡さんが自殺する理由はあります。ノイローゼですがな」と昭一にいった。

「くわしくいうと、テクノストレスていうやつですわ。米岡さんが先週にかぎって早よ退社してはった理由を教えたげましょか。じつはパソコン教室に通てはったんです。自宅の机の下から、テキストが見つかりました」

「パソコン……？」

「ノイローゼ？」

「社長さん、合理化とかいうて、社員にＯＡ機器やらハイテク機器の使用を義務づけてはるそうですな。けどそれは、人それぞれの個性と相談してやらなあかんのと違いますか。パソコン教室で聞いた話では、米岡さん、相当思いつめてはったみたいでっせ。早急に使いこなせるようにならなあかん、とかいうてね。ところがあの歳では、そうそう馴染《なじ》めるもんやない。結局四日間通ただけで、挫折してしもた」

「しかたないな」

昭一は金縁眼鏡を指先で押し上げた。レンズがキラリと光ったようだ。「会社が成長する時には多少の無理は必要なんだ。嫌なら辞《や》めればいい」

「そんなこというて、全員に辞められたらどうする気です？」

しのぶはムキになって訊いた。

「全員？　そんなことはありえないだろう。だいたい殆どの社員は、僕の方針についてきているんだ」

事務的な口調で昭一は答えた。

「ついてきてる?」と、しのぶはトーンを上げた。「あほらし、そんなんは自己満足や。社長さんはお気づきやないみたいですけど、あたしはこの目で見ました。机の下にソロバン隠して、それでいかにもパソコンで計算してるようなふりしてる人もいるんです。社長さんに怒られんようにね」

昨日の話だ。しのぶに見つかった時の中年女性の顔は、まるで泣きだしそうだった。

「事務の人だけやありません。工場の人たちなんか、機械に追われてるみたいで少しも楽しそうやなかった。そんな状態やということも知らんと、何が合理化や。そのうちにほんまにストレスで自殺する人が出るわ」

だが昭一は横を向いたまま答えようともしない。部外者に何がわかる、とでもいいたげだ。

「もうええ、何いうても無駄や」

仙兵衛が口を開いた。「わしは何とかこいつの目を覚まさせたかった。商売についても何かおかしな勘違いをしてるこいつの目をな。会社の実情に合わん合理化や機械化は、社員にとって不幸なだけや。工場長の浜やんが病気で休んでるけど、あれもストレスが原因らしいからな。そこでわしは、米岡が自殺したとなれば、なんぼアホな男でも、自分がしてきたことを見直すのと違うかと期待したんや。米岡が悩んどったことは、わしも気づいとったからな。ところがこのボンクラは、一向に心に入れかえる気配がない。米岡の悩みを探ろうともせん。古い社員なんかは全員、米岡の悩みについては知っとったぐらいやのにな。けどわしはあいつらに事情を話して口止めした。昭一には自分で目を覚ましてほしかったんや」

それで富井たちのようすがおかしかったのだと、しのぶは納得した。新藤たちも頷いている。

当の昭一は眼鏡を外すと、目頭《めがしら》のあたりを指先で揉《も》み、それからまた眼鏡をかけた。

「まあ、いろいろと言い分があるのはわかりました。米岡が僕の合理化方針についていけず、少しばかり悩んでいたらしいこともね。でもまあ結局、今回のは自殺ではなかったんでしょう？　ということは、悩みの程度はお父さんが心配するほどじゃなかったのかもしれない」

「あいつが死ぬほど悩んどったことは、親しい者やったらわかってる」

「単なる想像でしょう。僕にはそうは見えなかったけどな」

そして彼は新藤と漆崎のほうを見ていった。「あとは警察の仕事ですよ。といっても事故じゃあ、用もないわけかな」

ではお先に失礼といって昭一はコートを羽織り、エレベーターのほうに歩いていった。しのぶはその背中に声をかけようとしたが、仙兵衛に制された。

「もうええ、あきらめた。わしの育て方が悪かったということや」

「けど……」

「あんたらにあれだけいわれても、まだわからんのやからな。我が子ながら情けない」

それから仙兵衛はしのぶの顔を改めて見つめ、やや寂しい笑顔を浮かべた。「それにしても、あんたはやっぱりわしが睨んだ通りの人や。情のわかる人や。じつはあんたを会社に入れたかったのは、あのアホ息子の心を入れ替えられるんやないかと思たからや」

「ああ、それで……」

しのぶは、この小柄な老人がさらに小さくなったような気がした。

仙兵衛は続いて漆崎たちのほうに向き直った。そして深々と頭を下げる。

「以上のようなわけや。全部わしが仕組んだこと。このとおり、謝ります」

「悩まされましたで」と漆崎は苦笑した。「完璧に自殺に見せかけてあったら、まだよかったけど、いろいろと不備もありましたからな」

「それをいわれると弱い」

仙兵衛は白髪に手をやった。「何しろあわててましたからな。ブラインドのことはどうしようもなかった。それ以上にまずいかなと思たのが死に方や。米岡の高所恐怖症は有名で、首は吊っても間違うても飛び下り自殺なんかをする男やない。けど、あの局面では死に方を選べませんからな」

「なるほど、そらそうや」

漆崎は声を出して笑った。新藤もつられて白い歯を見せる。だがその直後、二人の刑事は同時に笑いを消していた。そしてお互い顔を見合わせる。

「首は吊っても……か」と漆崎が呟く。

「そうか、わかった」と大声を出したのは新藤だ。

「もういっぺん社長を呼んでこい」と漆崎。新藤は階段に向かって駆け出した。

漆崎の話は、ブラインドと金具の話から始まった。ブラインドが壊れずに、金具のほうが曲がるのはおかしいという話。

「この疑問を解決するのは簡単やったんです。つまり金具が曲がったのは、米岡さんがブラインドにぶら下がったからではなく、何か別のものを介して体重をかけたからと考えたらええんです」

「別のものって？」

しのぶが訊く。その横では昭一が渋っ面をしている。

「それは紐です。現場から、輪になった一メートル足らずのビニール紐が見つかってるんです」

「これには米岡氏の指紋がついてました」と新藤がいい添えた。

「ビニール紐……何のために」

呟く仙兵衛を見て、漆崎はいった。

「脚立に載り、高いところにある金具に紐をかけたとなれば、考えられることは一つですな。米岡さんは首を吊ろうとしたんですわ」

ええっ、としのぶは声を出す。がくっと机に手をついたのは昭一だ。

「ところが金具はそれほどは強くなかった。ためしに体重をかけようとしたところで曲がってしもたんです。その拍子に米岡さんはバランスを崩し、窓の外に飛んで出たというわけです。その結果自殺は自殺でも、飛び降り自殺になってしもうた」

「そんな……馬鹿な」

昭一が呻くようにいった。

「そういうことやったか……」

仙兵衛は唸《うな》った。「わしの想像は当たってたというこっちゃな。やっぱり米岡の悩みは、ちいそうなかった。おい昭一、これでわかったやろ」

そういって息子の顔を見た。

「想像してみい、朝ここに来たら米岡の死体がぶら下がっとる。おまえの席の真後ろや。そんなことも考えながら、あいつはここで首吊ることにしたのかもしれんで」

窓のほうを見て、昭一がごくりと唾を飲むのがしのぶにもわかった。

12

くるりとバットが回り、ボールはキャッチャー・ミットにおさまった。西丸商店応援席から、大きなため息が漏れる。逆転の絶好のチャンスだというのに、これで二者連続三振だ。

ここでベンチの西丸仙兵衛が立ち上がった。ピンチヒッターを告げる。バット二本で素振りしながら出てきたのは、西丸チーム唯一人の女性選手竹内しのぶだ。

「おっ、センセの出番や。がんばれセンセ」

新藤の隣で鉄平が声援した。しのぶは小さく手をあげてバッターボックスに入ると、そこでまた二度三度とバットを振った。

「で、今日のところは助っ人か？」と新藤は訊く。

「そうや。というても、あの爺さんはこれからずっと、センセに助っ人を頼むつもりらしいけど」

「そのうちに専属にしよというハラやな」

「そうやろな。あっ——と、惜しいファウルやな」

「まずはソフトの選手にスカウトして、いずれは会社に入れよと思てるのやろな」

「かもしれへん。何せあの爺さん、センセのことを相当気に入ってるみたいやからなあ」

「ちっ」

新藤は舌打ちをした。

先日の事件がきっかけで、さすがの西丸昭一も目が覚めたらしく、現在は職場にかつての和《なご》やかな雰囲気が戻りつつあるという話だった。不要になった何台かのパソコンは、仙兵衛が知り合いの中古屋に売ったらしい。

そして聞くところによると、真の立直しのため、仙兵衛は何とかしのぶを獲得しようと狙っているということである。

新藤にとっては、またしてもタチの悪いライバルが出現したというわけだった。

「しつこいオジンやで。年寄りは年寄りらしく、引っ込んどったらええんじゃ」

そういった時、しのぶのバットが火をふいた。歓声の中、白球は左中間を抜けていく。新藤は鉄平と共に立ち上がった。

「走れ走れ、センセ走れ」

鉄平の声に合わせるように、しのぶはベースを駆け抜けていく。

新藤も思わず大声を出していた。

しのぶセンセは暴走族

1

トロトロと数メートル進んだら左折だ。方向指示器を動かしたつもり。だがウィンカーは点滅せず、代わりにワイパーが目の前を横切った。

「なんや。雨でも降ってきたんか」

助手席の教官が嫌味ったらしく空を仰ぎ見た。

「間違《まちご》うたんです。えらいすいません」

しのぶは大声で突っけんどんにいうと、指示器を出し直してぐいとハンドルを回した。だらしない格好で座っていた禿《は》げ頭の教官は、バランスを崩《くず》してシートの背もたれにしがみついた。

「こらっ、なんちゅう運転するんや。ハンドルは、もっと慎重にきらんかい」

「はいはい」

「ほんまにわかっとんのか。あっ、今のとこ、後方確認怠《おこた》った」

「やりました」

「やってへん。ちゃんと顔を動かさなあかん」

返事をせずに直線コースに入る。教習所内で唯一《ゆいいつ》スピードを出せるところだ。一気に加速して、ギアをトップまで入れる。スピードメーターが、びんと上がった。この快感だけが楽しみだ。

正面に見える壁が迫ってきたところでブレーキを踏もうとしたが、その前に車の速度はがくんと落ちた。しのぶは唇《くちびる》を噛《か》んだ。

教習用の車は、助手席にもブレーキがついている。禿げ頭の教官が、彼女がブレーキをかけるよりも先にそれを踏んだのだ。

「何やってんねん。ブレーキ踏まんかい」と教官はいった。

「これから踏もと思て、足を置いたとこやったのに」

「遅い遅い。壁にぶつかってしまう」

「遅いことなんかないはずやわ。壁までこんなに距離があるのに」

「それが甘い。車は思たよりも速いねんで。ああ、もう、早《は》よギアチェンジせなエンストするがな」

スピードを落として、クラッチ踏んで、ギアを入れかえて、ゆっくりクラッチを離す。口の中で反復しながら実行するが、なかなか身体は思うように動いてくれない。と思っている間に、また隣でブレーキを踏まれた。

「どこ見てるんや。前から対向車が来てるがな。足にばっかり気い取られてたらあかん。ほんま、鈍《どん》くさいなあ」

「ええい、もううるさい」

しのぶは道の途中で車を停めた。身体を捻《ひね》り、教官のほうを向く。「ちょっと、文句ばっかりいうてどういうつもり？　こっちは素人《しろうと》なんやから下手《へた》で当然や。その下手を教えるのが、あんたらの仕事やろ。もうちょっと親切にやったらどう？　何も、ただで教えてくれいうてんのと違うで。人並みに運転できるようになりたいよって、高いお金払《はろ》てまで来てるんや。いわば客やで。それをボロクソにけなした上に、鈍くさいとは聞き捨てならんな」

ものすごい剣幕で怒りだしたので、禿げ頭の教官もたじろいだ。今までこんなふうに生徒から怒鳴られたことなど一度もなかったのだろう。

「いや、あの、そうやない」

「何がそうやない、や。威張りくさってからに。教習所はここだけと違うねんで」

「わしは、あんたがちゃんとした運転のできるようにと思て……」

「横でそんなふうにけなしてばっかりで、ちゃんとできるはずないやろ。お金払て悪口いわれてたら割りに合えへん。この車の番号は十四番やったな。ここに来てる人全員に呼びかけて、十四番の車をボイコットすることもできるんやで。そうなったらあんたは、まず間違いなくクビやろな」

「わかった、わかった。わしが、その、ちょっといい過ぎた」

「ちょっとと違う。だいぶや」

「ああ……だいぶいい過ぎた。これから気いつけるよって、そない怒らんといてくれ」

「怒らせたのは、そっちや」

「わかった、はい、わかりました。せやから車を動かしてくれるか。こんなとこで止まってたら、ほかの人間が変に思う」

「ほんまにわかったんやろな」

ひと睨《にら》みしてから、しのぶは車を発進させようとした。が、興奮しているせいかクラッチ操作がうまくいかず、エンストした。

「ボケ……いや、その、アクセルをもうちょっと踏んだほうがええと思うけど」

「えっ？　ああ、わかってる。アクセル踏んでクラッチを上げる、と。うまいこといった。ほら、そういう具合に優しく教えてくれたら調子良ういく」

教官はふうーっと長いため息をついた。

「あんた、仕事は一体何をしてるんや」

「仕事？　今は内地留学という形で大学に行ってるけど、ほんまは教師ですねん」

「教師？」

「そう。小学校の教師や。子供を教えるのは大変やでえ。あんたらみたいにふんぞり返って、口で文句いうだけでは勤まれへん」

「へえ……小学校の先生か」

どうりでな、と教官は呟《つぶや》いた。


竹内しのぶが運転免許を取ろうと思いたったのは、子供や老人の交通事故死が激増しているというニュースを見たのがきっかけだった。しのぶが留学前まで勤めていた大路小学校でも、児童がスクールゾーン内で車にはねられるという事故があった。そこで彼女は思ったわけである。こんなことではあかん、と。

何とか子供たちを交通事故から守らねばならない、そのためには今までのような型にはまった指導では役に立たない、まず自《みずか》らが自動車というものを知り、交通戦争の中に身を置くことによって、どういうことが原因で事故が起こるのかを把握《はあく》しなくてはならない——テレビの前でしのぶは拳《こぶし》を振りあげ、心の中で演説したのだ。

思いたったら実行に移すのが早いのは、彼女の取《と》り柄《え》のひとつである。翌日には、自分のアパートから自転車で行ける距離にある『大阪グリーン自動車教習所』へ、入所手続きに出かけていった。

教習課程には講義と実技教習がある。その実技も四段階に分かれていて、しのぶは現在第三段階の途中だった。

この日の実技を終えたしのぶは、次の講義が始まるまでの間、待合ロビーで交通法規の勉強をすることにした。時刻は夜の七時。大学の講義を終えてから来るので、どうしても夜しか教習を受けられないのがつらい。

「あらセンセ、これから講義ですか」

長椅子に座って本を読んでいると、頭の上から声がした。顔を上げると、原田日出子《ひでこ》が笑っていた。こんばんは、としのぶも微笑《ほほえ》んで頭を下げた。

「センセ、今日の実技はもう終わりはったんですか?」

日出子はしのぶの倍ほどありそうな尻を、彼女の隣に下ろした。十一月だというのに、半袖のポロシャツを着ている。伸びきった袖口《そでぐち》から、ぱんぱんに張った二の腕が生えていた。

「ええ、今終わったところです。原田さんは？」

「あたしも今終わって、これから帰るとこです。早よ帰らな、郁夫《いくお》がぶうぶう文句いいますよって。あの子中学に入ってから、よう食べますねん。米代だけでも、馬鹿にならへんわ」

原田郁夫というのは、しのぶのかつての教え子だ。今は中学生になっているが、悪友の田中鉄平と共に、今でも時々しのぶのアパートに遊びにくる。

「原田君、中学校の勉強は難しいっていうてましたけど、最近はどうですか」

しのぶが訊《き》くと、日出子は梅干しを丸かじりしたような顔になった。

「あきません。いっこも勉強しません。いっぺんセンセから怒ったって下さい。あれでは行ける高校おませんわ。いうたら悪いけど、あの田中君と一緒におるのが、あかん原因です。田中君、面白い子なんやけど、勉強仲間としては最低や。あっセンセ、あたしがこんなこというてたて、田中さんにいわんといて下さいよ」

「わかってます、わかってます」

しのぶは頷《うなず》きながら、吹きだしたい心境だった。これと殆《ほとん》ど同じことを、田中鉄平の母親から聞かされたばかりだった。

「郁夫のことはともかく、センセ、何段階まで行きはりました？」

日出子はしのぶが膝《ひざ》の上に置いていた教習表を覗《のぞ》きこんだ。そこには教官のハンコが押してあって、どの段階まで進んだか明確にわかるようになっている。

「やっと三段階に上がりましたけど……原田さんは？」

「あたしよりだいぶ後に入学したのに、もう三段階ですか。やっぱり若いから早いわ。あたしもまだ三段階です。仮免試験に落ちてしもたから、また補講を受けなあきません。表《ひょう》は見んといて下さい。格好悪い」

日出子は教習表を隠したが、教官印を押す欄がちらりと見えた。赤いハンコがずらっと、最低三十個は並んでいた。仮免試験を受けるには第三段階までクリアしている必要があるが、そこに至るまでに、それだけ教習を受けたということだ。早いものならば十数回の教習でパスするはずだから、日出子の技量の低さはかなりのものだといえる。とはいえしのぶにしても何度か補講を受けていた。

「ほんまに運転は難しいわ。なんであんなに難しいんですやろ」

「馴《な》れてへんのやから、仕方ないのと違います？」

「なんぼ馴れてへんというても、ええ加減に上手にならんと。このハンコの数、見るたびにムカつくわ。これだけ余計にお金がかかってるということでしょ」

「お金のことは、あんまり考えんほうが……」

「そうはいうても、主婦はやっぱり気になりますねん。家族の目もありますし。郁夫なんか、お母ちゃんが免許取るのにかかる金を、全部タクシー代にあてたほうが得と違うかて、こんな憎たらしいこといいますねん」

しのぶは複雑な思いで笑った。それはたしかにそうかもしれない。

「とにかく、あのクラッチとかいうのがあきません。ギアチェンジは嫌いや」

日出子は太い左足をばたばたと動かした。「あんなものがあるよってに慌《あわ》てるんです。足動かして、手ェ動かすやなんて、そんな器用なことできません。おまけに曲がる時は方向指示器出すのと、安全確認が入りますやろ。足と手と目と首を別々に動かせていわれても無理です。こっちは食いだおれの人形やないねんから」

「あたしもクラッチ操作、苦手です」

「そうでしょ、そうでしょ」

自分の仲間がここにもいたとばかりに、日出子は目を細めた。「あたしなんか、あんなややこしいものがあるから、すぐに間違えてアクセル踏んだりするんです」

「それは危ないですね」

しのぶは目を丸くした。

「そうですがな。せやからあんなもん、取ってしもたらええんです。オートマチック車がええわ。全部それにしてくれたらええのに」

「知ってます。オートマチック車限定の免許というのもあります」

「けど、せっかくお金を払うのやから、きっちりした免許をもらわんと、なんか損みたいでしょ。それでがんばってるんやけど、うまいこといかへんわ。だいたいクラッチて、何のためについてますのん?」

今まで大きな声でしゃべっていた日出子も、さすがにこの質問は他人には聞かれたくなかったのか、極端に小声になった。

「それはギアをチェンジするためにいるんでしょ」

「けど、ギアは手でレバーを動かして変えるのと違いますの。ローとかセカンドとか、手で動かして変えてます。その時になんであんなペダル踏まなあかんのですか」

「それは……」

しのぶも返答に困る。はっきりいって車のメカニズムはよく理解していないのだ。クラッチを踏むのは、そうしろと教官にいわれたからにすぎない。

二人は一瞬沈黙したが、やがて日出子がふっきるようにいった。

「まあ、いらんものやったら付いてないはずやし、付いてるからには、いろいろと事情があるんでしょうねえ」

「たぶんそうやと思います」

ええ加減な会話やなと思いながら、しのぶは受け答えた。

「ところで、さっきそこで聞いたんですけど」

日出子はさらに声をひそめると、教習車の駐車場を指差していった。「生徒の中にはガラの悪い者もおるらしいですわ」

「へえ、どういうふうに？」

「それが何でも、教官の態度が悪いいうて、食ってかかった人がいてますねんて。その教官の車をボイコットするいうて、脅迫したらしいですわ」

「…………」

「それが女の人やていうから、世の中には気の強い人がいてるもんやなあと感心しましたわ」

「ほんまにそうですね……」

それはわたしですともいえず、しのぶは俯《うつむ》いていた。

2

強盗事件が起こったのは十一月七日、水曜日だった。襲われたのは生野区《いくの》でも有名な豪邸、松原《まつばら》家だ。主人の松原宗一《そういち》は、その付近一帯の地主で、最近はマンションなどにも手を出し始めている。

強盗がやってきたのは午前四時過ぎらしい。覆面をした男が二人、突然松原家の二階にある夫婦の寝室に現れたのだ。松原宗一には二人の息子がいるが、次男はすでに結婚して独立しているし、未婚の長男は仕事で渡米中だった。つまりこの夜邸宅にいたのは、松原夫妻と住みこみの家政婦だけだ。

二人の強盗はピストルとナイフを持っていたらしい。それで夫妻を脅《おど》し、続いて家政婦を叩《たた》き起こした。

金なら出す、と宗一はいった。そして彼は強盗の指示に従って金庫を開いた。中には現金約二千万円と、宝石類約五千万円相当のものが入っていた。さらに強盗は家中捜《さが》しまわり、コレクションとして集めていた絵や版画、壺などをひとまとめにした。金銭価値を合計すれば数千万円は下らない。これに現金や宝石類を総合すると、少なく見積もっても、一億二、三千万円の稼《かせ》ぎになるわけだ。

強盗は松原夫妻と家政婦をロープで縛りあげると、奪《うば》った金品を手分けして持ち、逃走した。それがだいたい六時過ぎということだった。

夫妻はこの日の昼、たまたま訪ねてきた親戚の人間によって助けられた。彼等はすぐに警察に通報したが、逃走後数時間以上経《た》っていることもあり、全くといっていいほど手掛かりはなかった。

……以上のことを、しのぶは新聞で読んだのでも、テレビで見たのでもない。原田郁夫から聞いたのだ。原田家は、松原家と同じ町内にあり、数十メートルしか離れていないらしい。

「一億二、三千万やて、ほんまどない思う？　うちみたいな庶民には、一生縁のない話や。それをああいう金持ちは、こそっと家の中に置いとんねんなあ」

郁夫は強盗事件そのものより、奪われた金額のほうに興味がありそうな口ぶりだ。

「そらそうや。松原いうたら、あのあたりの土地全部持っとんのやろ。それを金に換えたら何十億円になるかわからんて、うちの親父《おやじ》がいうてた。戦後のどさくさに、あくどいことしてタダ同然で手に入れた土地のくせに、政治家が何もせえへんからこういうことになるんやて、親父の奴毎日ぼやいてるで」

こういいながら隣でケーキを食べているのは田中鉄平だ。この二人は学校の授業を終えると、事件のことを話すためにしのぶのアパートへやってきたのだ。しのぶがこういう話題になるとヤジ馬根性を抑えられなくなり、話の続きを促《うなが》すためにケーキや紅茶を御馳走《ごちそう》してくれると見抜いてのことである。

「強盗も、ええ家を狙《ね》ろたもんやなあ」

しのぶが独り言《ひとりごと》のような口調で呟いた。

「ほんまやで」と郁夫が答えた。「どうせ一発勝負するのやったら、確実に金のある家に入らなあかん。うちの家に入ったかて、何もとる物あれへんからな」

「それはうちも一緒や。ひょっとしたら、強盗のほうが金持ってるかもしれへん」

「で、怪我人《けがにん》とかは出えへんかったの？」

「それはないそうや。不幸中の幸いやな」

「ふうん。それにしても」

しのぶは名探偵を気取って、顎《あご》に手を当てた。「時間的にいうと、強盗が出ていったのは夜明け過ぎぐらいやろ。そうすると目撃者の一人や二人、おってもよさそうに思うけどな。このあたりでは、そのくらいの時間に犬の散歩をさせてる人が多いで」

「ここと、うちの町内と一緒にしたらあかんわ」

鉄平が笑い飛ばした。「犬みたいなもん、飼《こ》うてへんがな。エサ代がかかるもん」

「ほんまやで。うちのお母ちゃんなんか、こっちがちょっと隙《すき》見せたら、家族の食費をケチるぐらいやもんなあ」

「けど、原田とこのおばちゃんの体形見たら、食費をケチってるようには思えんで」

「質より量を優先してるからや。それにお母ちゃんは、家族の残りものでも何でも、あっちゅう間に食うてしまうからな。バキュームカーなみの馬力やで」

「品《ひん》のない奴やな。ケーキ食うてる時に、バキュームカーのことなんか思い出させるな」

「カレー食うてる時よりマシやろ」

二人のアホな会話を聞きながら、しのぶは腰を上げた。

「原田のお母さんの話を聞いて思い出した。そろそろでかける時間や」

「教習所？」と鉄平。

「そう。今日からいよいよ路上教習やから、がんばらなあかん」

昨日、しのぶは仮免試験を一回で合格したのだ。

「ああ、そのこと考えると頭痛い」

郁夫は顔をしかめ、頭を抱えた。「お母ちゃんみたいな鈍くさいデブに、車の運転なんか出来るわけあれへん。性懲《しょうこ》りもなく行ってるけど、時間外講習ばっかり受けて、金をドブに捨ててるようなもんやで」

「せやけど、がんばってはるで。お母さんも、昨日仮免の試験を合格しはったんやから」

「けど、三回目やで」

「それでも合格したんやから、大したもんや」

合格者の中に自分の名前が入っていると知った時の日出子の喜びようは、横にいたしのぶが恥ずかしいほどだった。何しろオイオイ泣きだしてしまったのだ。

「人の倍も金払て、やっとそれや。その分こっちに回してくれたら、新しいCDとかゲームを買えるのにな。それにはっきりいうて、お母ちゃんが免許取っても、屁《へ》の役にも立たへん。僕もお父ちゃんも、絶対にお母ちゃんの運転する車には乗れへんて宣言してるからな」

「そんなこというたら、お母さんが気の毒やないの」

「気の毒なのは、こっちやで」

郁夫は情けない顔をした。

「センセ、免許取ったら車買うの？」

鉄平が、おそるおそるといった顔つきで訊いた。しのぶは力強く頷いた。

「当然や。赤い車買うで。フェアレディかスカイラインがええな。それを乗り回して、運転とはこういうものやという見本を、世間のドライバーに教えたろと思てるねん」

「ふうん」

「その時には、あんたらも乗せたるよってな」

「さあ帰ろか」

鉄平は郁夫に見くばせして立ち上がった。しのぶは頰を膨《ふく》らませて鉄平を睨みつけた。

3

仮免試験以来しのぶは日出子と顔を合わせていなかったが、路上教習を始めて三日目にロビーで一緒になった。

「どうですか、実際の道路を走るのは？」

しのぶが挨拶《あいさつ》代わりに訊くと、日出子は顔の前で掌《て》を振った。

「今までは周りのことなんか気にせんでもよかったですけど、路上に出たらほかの車のことが気になってあきません。それにえらい緊張するし」

「あたしもそうなんです。特に車が混んできたりしたら、どうしたらええのかわからんようになります」

「そうそう、それそれ」

我が意を得たりというように、日出子は頷いた。「もうちょっと車の少ないところで、じっくり練習したいと思いません？　大阪は車が多すぎるから、免許取るのに不利やわ」

それはよくいわれることである。道路状況はよくないし、マナーの悪い車があふれている。だから大阪で免許を取れば、どこへ行っても大丈夫とされている。

「おまけに横から教官に文句をいわれるから、余計にあわてたりしますしね」

しのぶがいうと、日出子はそれまでより顔を明るくした。

「その点については、あたしの場合問題ないんです」

「へえ、どうしてですか」

すると日出子はしのぶのほうに尻を移動させ、口元を手で覆《おお》っていった。

「愛想のええ教官を見つけたんです。車の番号は三十二番。こっちが失敗してもぼやいたりしません。親切に教えてくれます。しかも——」
日出子はさらに声を落とした。「なかなかの男前です」
そんな教官がいたのか。しのぶは少し悔《くや》しくなった。路上教習は二度受けている
が、どちらも無愛想な中年男だったのだ。
「けど、いくら気に入った教官がいてても、その人に必ず当たるとは限らへんでしょ
う」
「それが偶然、三回続けてその人やったんです」
「へえ、それは珍しいですね」
「そこでね、ちょっと考えましてん」
日出子は悪戯《いたずら》っぽい目で、予約カウンターのほうを見た。そこでは各生徒の教習時
間の管理や、実技時の配車手続きなどを行っている。
「配車手続きの人に、これからも三十二番の車を優先的に当ててもらえるよう交渉し
たんです。向こうも、原田さんの頼みやったら聞かんわけにいかんなあというてくれ
まして」
あれだけ時間外講習を受けていれば、係の人間と顔馴染《かおなじ》みにもなるだろう。教習所
にとってもお得意さんというわけだ。

「これで気分良う教習を受けられます。後は何とか一発で検定を通るよう、がんばらなあきません」

日出子は太い腕で、小さくガッツポーズをした。

次の日の夜、しのぶの部屋に日出子から電話がかかってきた。

「面白い話がありますねん」

日出子は受話器を掌で覆ってしゃべっているようだ。ということは、家族には聞かれたくない話ということだろう。

「センセ、特訓する気ありませんか」

「特訓？　スポーツですか」

しのぶが訊くと、ケラケラケラと笑った。

「あたしがソフトボールの特訓してどないしますねん。特訓ていうたら、車の特訓に決まってますやん。明日の朝早《はよ》う、まだほかの車があまり走ってないうちに練習するんです。ほら、『仮免許練習中』とかいう看板をつけてたら、練習してもかめへんて本に書いてあったでしょ」

「それはわかってますけど、二人で勝手にやるわけにはいきませんよ」

免許証を持った人間が同乗しなければならないことになっている。

「その点は大丈夫、強い味方がいてるんです。本職に来てもらうんです」

「本職て、もしかしたら……」

「三十二番の教官です。若本《わかもと》ていう人ですけど、向こうから特訓しましょかていうてきはったんです」

「へえー」

その若本という男は日出子に気があるのかなと、ちらっと思った。

「車も用意してくれるという話やし、こんなええ話ありません。それでせっかくやからセンセも御一緒にと思いまして」

「そうですか。それはありがとうございます。けど、どないしようかなあ」

本職に頼む以上、タダというわけにはいかないだろう。すると彼女の心中を察したように日出子がいった。

「出勤のついでに来てくれはるだけやから、お金はええということです」

「是非《ぜひ》、行かせてもらいます」

しのぶは即座に答えた。

翌朝五時半に起きると、自転車に乗って出発した。約束の場所は日出子の家から一キロほど離れたところにある公園だ。家族には内緒らしいから、彼女の家の前で集まるわけにはいかないのだ。

しのぶが行くと日出子は来ていて、白のマークIIもそばに停まっていた。その横にいるのが若本という男だろう。年は三十代半ばといったところ、たしかに二枚目だ。

「よろしくお願いします」

紹介の後でしのぶは頭を下げた。「こちらこそ」と若本は答えたが、何かほかのことを考えているような顔つきだった。

特訓は約一時間行われた。だが実際にしのぶがハンドルを握ったのは終わりの十五分ほどで、大半は日出子の特訓に費やされた。しのぶとしては大いに不満ではあったが、日出子の運転ぶりを後部座席で座って見ていると、それも無理ないような気がした。とにかくヘタなのだ。以前本人が告白していたように、二つのことを同時に行うことができない。ギアチェンジがうまくいかなかったりすると、すぐに手元を見てしまう。つまり前方を見ていないわけである。当然ハンドルもおろそかになるわけで、そのたびに若本はハンドブレーキを引く準備をした。

とはいえこの特訓は、しのぶにとっても有意義ではあった。早朝だし、交通量の少ない道を選んでいるので、他の車とは殆ど出会わない。今まで思うように出来なかったことが、思いきって出来る。何となく運転に自信がついたようだった。

若本と別れた後、しのぶは自分を誘ってくれたことに対して、改めて日出子に礼をいった。日出子はたっぷり練習した満足感からか、顔を上気させて首をふった。

「こういうことは仲間同士、楽しみながらやったほうがええんです」

「はい。すごく楽しかったです」

「それにあたし、今日はちょっと安心しました」

「安心?」

日出子はいつもの悪戯っぽい目でしのぶを見ると、意味あり気に笑みを浮かべた。

「今まで、なんであたしだけこんなに運転が上手になれへんのやろと思て、悩んでたんです。けど今日センセの運転見て、ほっとしました。ああ、やっぱりセンセも苦労してんねんなあと思いまして」

「…………」

しのぶが絶句していると、日出子はやおら彼女の手を握ってきた。

「センセ、ヘタはヘタ同士がんばりましょ。この特訓続けて、運転のうまい人たちを見返したげましょ」

しのぶはその手をふりほどきたい思いだったが、日出子の力は異常に強かった。

4

次の日も特訓は行われた。そしてまたしても大半の時間を日出子に奪われてしまった。しのぶとしては面白くない。日出子のほうが下手だから大目に見てやろうという気持ちがあったのだが、自分も同程度に下手だと思われていると知って、そんなのんきなことをいっている余裕がなくなったのだ。明日こそは自分が先に運転席に座ろうと、しのぶは固く決心した。

日出子たちと別れてアパートに帰った時、しのぶはさらに面白くないことに出くわした。彼女の部屋は一階で入り口が道路に面しているのだが、玄関ドアのすぐ近くに、とんでもないものがあったのだ。

犬の糞《ふん》である。

しのぶは一瞬呆然《ぼうぜん》とし、その前で立ち尽《つ》くした。

——一体、なんでこんなところにこんなものが……。

次第に怒りがこみあげてきた。理由など、考えるまでもない。犬がここで脱糞したということだ。といっても昨今野良犬の姿など見たことがない。考えてみれば、ちょうど飼い犬を散歩させるのに都合の良い時間帯である。飼い主が犬に排便だけさせて、後始末をせずに立ち去ったということだろう。

――誰や、こんなことをするのは。

しのぶはあたりを見回したが、もちろん犬を散歩させている人の姿はないし、仮にあったとしても、犯人かどうか判断することは不可能だった。

翌日、しのぶは家を出る時、しっかりと玄関の前をチェックした。今はまだ異状はない。昨日しのぶは臭《くさ》いのを我慢して、あの糞を始末したのだ。おかげで臭《にお》いが鼻について離れず、一日中不愉快だった。

自転車にまたがると、何度も振り返りながら出発した。途中、犬を散歩させている人間を二人見たが、どちらもビニール袋を持っていた。それでもしのぶは、つい疑いの目で見てしまう。それで相手の人間は、怪訝《けげん》そうにしながら足早に去っていった。

――ふん、まさか今日はないやろ。

自分を納得させるように呟くと、ペダルをこぐ足に力をこめた。

ところがこの予想は見事に裏切られた。練習を終えて戻ってくると、昨日とほぼ同じ位置に、同じような犬の糞があったのである。

この夜、しのぶは日出子に電話した。明日の特訓は休むということを知らせるためである。理由を訊かれたので、「ちょっとつまらない用ができまして」と答えておいた。

——ほんまに、つまらん用やな。

受話器を置いてから、しのぶは一人ぼやいた。

特訓は休んだが、次の日も彼女は早起きした。無論、玄関先を見張るためだ。一体どこの誰があんな失礼なことをしていくのか、何とか現場を押さえて、とっちめてやろうと思っていた。

しのぶはドアの内側に椅子を持ってくると、覗き窓から外の様子を窺《うかが》った。すると犬を連れた人が、次々とどこからともなく現れてくる。そのたびにしのぶは目を凝《こ》らして見張るが、どの犬も何もせずに通りすぎていくだけだった。一匹だけ、向かいの電柱に小便をしていった犬がいたが、例の犯人ではないようだ。それに電柱が汚れても、しのぶとしては痛くも痒《かゆ》くもない。

結局一時間半ほど粘《ねば》っていたが、犯人を捕まえることはできなかった。どうやら今日は現れないらしい。

——また明日やな。

諦《あきら》めて朝食の準備にとりかかろうとした時、電話が鳴りだした。まだ七時半である。誰やこんな時間に、とぼやきながら受話器をとった。

「もしもし竹内ですけど」

「あっ、センセ。僕です、原田です。えらいことになってしもた」

「なにやそんなにあわてて。一体何があったの？」

「事故や。お母ちゃんが交通事故に遭《お》うてしもた」

5

原田郁夫からの知らせを受けて、しのぶはすぐに病院に行った。待合室では郁夫と父親が心配そうに座っていた。郁夫の話によると、日出子はレントゲンなどの検査を終えて診療室から出てきた時、詳《くわ》しいことは竹内先生から聞いてくれといったそうだ。それで郁夫が彼女に電話したのだという。現在日出子は警察の事情聴取を受けているらしい。

「ということは、大した怪我ではなかったんやね」

ひとまず安心しながら確認した。

「お母ちゃんのほうはな。けど、隣に乗ってたほうの男の人が危ないらしいわ」

「先生、これは一体どういうことなんですか」

郁夫の父親が、困り果てたようすで訊いた。そこでしのぶは、三日前からの特訓について説明した。「アホなことを」と彼は吐《は》き捨てた。

「運転というのは特訓して覚えるものやない。経験して馴れていくもんや」

「どうもすみません」

自分にも責任の一端があるようで、しのぶは頭を下げた。

「いや、先生に謝ってもらうことやおません。あいつが悪いんです」

郁夫の父親は苦しそうにかぶりをふった。

やがて日出子が警察官に連れられて現れた。さすがの彼女も今日ばかりは落ちこんでいるようすだ。

「日出子、おまえなんちゅうしょうむないことを……」

郁夫の父親は興奮のあまり言葉が出てこないといったようすで、握りしめた拳をぶるぶると震わせた。

「ごめん、あんた。えらいことになってしもたわ」

日出子は顔を覆うと、少女のように泣きだした。

「つまり事故の発端は、一時停止を無視したということですな」

「まあそういうことです」

うーむと新藤は腕組みをして唸《うな》った。しのぶのアパートの近くにある喫茶店内である。新藤の横には神妙な顔の田中鉄平がおり、しのぶの隣では原田郁夫がうなだれていた。

「難しいですな。やっぱり原田さんの責任ということになると思います」

「そこを何とか」

鉄平がいうと、新藤は首をふった。

「俺が決めるのやったら何とかするけど、決めるのは裁判所やからな」

ううむと今度はしのぶが唸る番だった。

事故の状況は見方によっては単純だが、別の見方をすればかなり複雑ともいえた。まずきっかけは、日出子が一時停止のところで止まらなかったことにある。だがこれは標識の見落としなどではない。どうやらブレーキとアクセルを踏み間違えたらしいのだ。

日出子の運転する車は止まらずに、するすると道路を横切り始めた。そこへ右側から乗用車が猛スピードで走ってきたのだ。相手の車は止まることができず、日出子たちの車の右後方にぶつかった。その衝撃で日出子たちの車は左側に流れ、そこにあった電柱に激突した。その結果助手席側は押しつぶされ、若本は重傷を負ったというわけである。

厄介《やっかい》なのは、この相手の車が逃げ出したという点だった。そのため今ひとつ正確なことがわからず、責任の所在についても明確にしにくいのだ。

しのぶは、何とか母親を助けることはできないかと郁夫に頼られたが、どうしていいかわからず、窮余《きゅうよ》の策として知り合いの新藤に相談してみることにした。といっても新藤は大阪府警本部捜査一課の刑事で、交通課の仕事とは何の関係もない。

だがその新藤も、今のままでは日出子の立場は苦しいという見解だった。

「だいたい運が悪かったわ」

ため息まじりにしのぶはいった。「本来は、あんな場所で事故が起きるなんてこと、考えられへん。あのあたりにあるのは印刷工場の倉庫ばっかりで、朝に走っている車なんか殆どないはずやもん」

「逃げた車は、何の罪にもなれへんの」

鉄平が不満そうに訊いた。

「もちろんなる。前方不注意ということになるやろな。こういう場合は、どちらも被疑者扱いになる。けど、結局は原田さんの過失が大きいと判断されると思う」

新藤がいうと、郁夫はがっくりと肩を落とした。

「やっぱり、お母ちゃんが車の運転をするというのが間違いやった」

「そんなこともないと思うけど」

「それにしても、先生がその事故に遭《あ》えへんかっただけでも救いでしたな。その日に限ってその特訓を休んだんでしょ」

新藤がいったので、「それには、ちょっとした事情があるんです」といって、しのぶは犬の糞のことを話した。いつもなら三人とも大笑いするところだろうが、場合が場合だけに誰もが真面目《まじめ》な顔を崩さない。

「そうか。センセは犬のうんこに命を助けられたわけか」

鉄平がしみじみいった。新藤と郁夫も、ふんふんと頷いている。

「あれ以来犬の糞はないし、たしかに運が良かったと思う」

しのぶがいうと、日出子の不運が余計強調されたようで、雰囲気が一層暗くなった。

少し沈黙が続いたが、そのうちに新藤が顔を上げた。

「それ、ちょっと気になりますね」

「えっ？」

「犬の糞のことです。ほんまに偶然でしょうか」

しのぶは新藤の顔を見返すと、「新藤さん、何がいいたいんですか」と訊いた。

「出来すぎてるような気がするんです。原田日出子さんと先生が運転の特訓を受けることになった。ところが二日目、三日目と玄関に糞をされたので、しのぶ先生は特訓を休んで見張ることにした。するとそれを待ってたみたいに事故が起きた。ひょっとすると、『待ってたみたい』やのうて、ほんまに待ってたんと違いますか。つまり犬の糞は、先生を足止めするために誰かがわざとしたこと」

「そんなアホな。そしたらあの事故は、誰かの計画やていうんですか」

「そう考えることもできるというてるんです。そうなると、めったに車が通ることもない道に、あの朝に限ってスピードを出して走ってる車があったという点にも頷けます。わざとぶつかったんやないでしょうか」

「でも、それやったら殺人や……」

「そうですな」

新藤は、じつにあっさりといった。

「そうですなて……」

「これ、ちょっと調べてみましょか。思いつきでいうたことやけど、だんだん気になってきた」

「待ってください。整理してみましょ。犯人は誰を殺そうとしたんですか。原田さんのほうか、若本さんのほうか」

「それは現時点ではわかりません。両方かもしれません。ただ犯人としては、先生まで巻きこむことはしたくなかった。そこで犬の糞作戦を考えたというわけです」

ふーん、と鉄平は漏《も》らした後、「もしそうやとしたら、原田とこのおばちゃんは無罪になるやろか」と訊いた。

「無罪かどうかはわからんけど、かなり罪が軽減されることは間違いないやろな」

「やった」

鉄平は手を叩くと、新藤の腕を摑《つか》んだ。「おっちゃん、頼むわ。なんとかそのセンで押したって。犯人捕まえて」

「そういわれても、これはまだ空想の段階やからな。とにかく、逃げた車を見つけだすことが先決や」

「犬のうんこから調べられへんかな」

郁夫がぽつりといった。

「そのセンもあるけど、どうやって調べるんや？」

新藤に訊き返されて、郁夫はうつむいてしまった。彼のこういう表情を見るのは、しのぶも初めてである。何とか力になってやりたいと思う。

「あたし、若本さんという人のこと、教習所でそれとなく訊いてみます。狙われたのが原田さんのほうやとは思えませんから」

しのぶがいうと新藤は頷いた。

「どこまでやれるかわかりませんけど、僕も情報集めてみます。漆《うるし》さんにも相談してみますわ」

彼の先輩刑事、漆崎《うるしざき》の力を得られれば心強い。

「僕らに何か出来ることない？　何もせえへんというのも、寂《さび》しいものやから」

鉄平が訊いた。新藤は天井を睨むと、「そこまでいうのやったら、探してもらおうか」といった。

「探すて、何を？」

「そんなもん、決まってるやないか」

新藤はにやりと笑った。「犬のうんこや」

6

数十メートル先の信号が青のままだ。そろそろ黄色になりそうな気配がある。こういう時のタイミングが難しい。黄色になったら止まるのが基本といわれているが、タイミング次第では行かなければならない場合もある。

と思っていたら黄色に変わった。しのぶはゆっくりとブレーキを踏み、停止線にぴたりと止まった。

「よっしゃ、だいぶ馴れてきたな。後は左折の時の寄りが、ちょっと甘いから気をつけるように」

禿げ頭の教官がいう。しのぶの運転技術が向上したからか、それとも以前怒り狂ったのが効《き》いているのか、このところは口調も穏やかだ。

「ところで運転とは全然関係のないことで、質問があるんですけど」

「何や？」

しのぶは若本について尋ねてみた。教官たちは当然事故のことも知っているわけで、原田日出子がしのぶの知り合いと聞いて、少し嫌な顔をした。

「アホなことしたもんや。教官がサービスで運転を教えるやなんて、聞いたことない」

「若本さんて、どういう人なんですか」

「あんまり目立たん男やな。以前はレーサーになりたかったらしいけど、挫折《ざせつ》してこの仕事を始めたそうや。家族はおらんし、親しくしてた人間というのも知らんな」

「最近、何か変わったようすはなかったですか」

「思い当たらんなあ」

教官は首を捻ってから、「なんでそんなことを訊くんや」と怪訝そうにいった。

「あの人、男前やから気になるんです」

しのぶが答えると、「ふん、こっちはハゲで悪かったな」と教官は頭に手をやった。

教習を終えると、次の実技の予約をするために予約カウンターに行った。眼鏡をかけた痩《や》せた中年男が配車や時間割の管理を行っている。しのぶは予約を終えると、この男にも若本のことを訊いてみた。

「いや、私は殆ど付き合いがないので、彼のことはよう知らんのです」

男は申し訳なさそうな顔をした。

「けど原田さんが優先的に三十二番の車に当たるようにしたのは、おたくでしょ？」

「それは原田さんの頼みやからです。あの、このことはほかの人にはしゃべらんといて下さい。あたしもあたしもということになりますから」

男の顔の前で手刀《てがたな》を切った。

部屋に帰ると、しのぶは新藤に電話をかけた。

「残念ながら、収穫はありません」というのが彼の第一声だった。「逃げた車に関する手掛かりは皆目《かいもく》摑めてないみたいやし、若本は意識を失《うしの》うたままです。漆さんにも相談しましたけど、現在の状況では殺人と結びつけるのは難しいということでした」

「そうですか」

自分の声が沈みがちになるのがわかる。

「そんな暗い声出さんといて下さい。しのぶ先生らしないわ。大丈夫、若本が意識を取り戻したらきっと何かわかります。それを信じて待ちましょ」

元気づけられ、「はい」と精一杯力強く答えた。

7

鉄平と郁夫は、朝六時に公園で待ち合わせた。二人とも自転車にまたがっている。

そこからしのぶのアパートまで行くと、自転車を置いて歩きだした。こういうことをするのも、今日で三日目になる。

「ほんまにこんなことが役に立つのやろか」

うつむいて歩きながら郁夫がいう。といっても、うなだれているのではない。その証拠に鉄平も下を向いて歩いている。

「それはわからんけど、何にもせえへんよりはましやろ。もし見つかったら、大きな手掛かりやからな」

「それにしても、中学生にもなって犬のうんこを探さなあかんとは思えへんかったな」

「同感や」

「悪いなあ、田中。こんなことに付き合わせて」

「気にするなや。それよりおばちゃんのようすはどうや。立直りはったか？」

「何せあの性格やから、いつまでもクヨクヨしてない。けど代わりにお父ちゃんが落ちこんでる。あの若本ていう人の治療費、うちが払てるからな」

「うわー、厳しい話やなあ」

「ただ、あの若本という人に家族がいてないというのが救いや。いろいろなことで揉《も》めんですむから」

「なるほどなあ。それはラッキーやったな」

相変わらず二人は道路を隅から隅まで点検しながら歩いていく。探しているのは郁夫がいったように犬の糞である。新藤によると、犯人が犬を飼っていて、その犬にしのぶの部屋の前で糞をさせたとは考えにくい、どこからか拾ってきたと考えるのが妥当だということだった。つまりしのぶのアパートの近くで、必ず犬の糞が落ちているという場所があるはずなのだ。

「しかしこうして真剣に探してみると、犬のうんこというのも、なかなか見つからんもんやな」と鉄平。

「探す気なんかない時には、ぼこっと落ちてたりするのにな」

「それで知らんと踏んだりする」

「田中、昔はよう靴の裏にうんこつけてたもんなあ」

「そういう日は一日中仲間外れや。——今日はこっちに行ってみよか」

昨日までとは少し違ったルートを選んで、二人は歩き続けた。早朝だが、時折車が横を抜けていく。

「交通事故は怖いなあ。思い知ったで」と沈んだ声で郁夫はいった。

「おまえまで、あんまり落ち込むなや」

「うん、わかってる。元気出さなあかんと思てるねん。田中、何か面白い話、してくれ」

「急にいわれても困るなあ。ええと、こんなんはどうや。ある時大阪の男が、田舎から来た友達と喫茶店に入った。大阪の男はウェイトレスにレスカを注文した」

「うん」

「それを聞いてた友達は、レスカて何やと訊いた。レモンスカッシュのことで、大阪では何でも縮めていうんやと大阪の男は教えた。で、その友達はクリームソーダが欲しかったので、これも縮めていわなあかんと思て、ウェイトレスに『クソ下さい』というてしもた。するとそのウェイトレス、平然としてカレーライスを持ってきたという話や。どうや、面白ないか?」

郁夫は笑いながらも複雑に顔を歪《ゆが》めた。

「普通の時に聞いたら、たぶん大爆笑と思うけど、今はうんこの話を聞いてもあんまり笑う気になれへんなあ」

「そうか、ネタの選定を間違えたな」

鉄平が考えこんだ時、「おっ、あれはどうかな」と郁夫がいった。数メートル先のポリバケツの脇に、こんもりとした犬の糞が落ちている。二人は子細《しさい》に観察した後、バケツの持ち主と思える家の玄関ベルを鳴らした。出てきたのは、四十過ぎぐらいのおばさんだ。

「あの、僕ら北生野《きたいくの》中学の生徒ですけど、課外研究に協力してもらえませんか。ちょっと質問に答えてもらうだけでええんです」

鉄平が用意してきた嘘をいった。中学生の課外研究というものに、大人は概して寛大だ。このおばさんも、「何ですか」と応じてくれた。

「僕らのテーマは街を奇麗《きれい》にする方法というもので、今は犬のうん……糞の被害について調べてるんです。で、ここを通りかかったらポリバケツの横にあったので」

「あっ、やっぱり今日もある？」

おばさんは家から飛びだすと、糞を見て顔をしかめた。「もう、毎日これや。時々見張ってるんやけど、ちょっとした隙にやっていくんよ。もう、腹の立つ」

「毎日ですか」と郁夫が訊いた。

「殆ど毎日なんよ。何とかしてほしいわ。この間、二日ほどなかったから喜んでたんやけど」

「えっ、二日ほど？　それはいつのことですか？」

郁夫が勢いこんで訊いた。おばさんは首を斜めにして考えてから答えた。間違いない、しのぶの部屋の前に置かれた日と一致する。

「やった」

鉄平が叫んだので、おばさんは驚いて目を大きくした。

8

「犬の糞が手がかりか。なるほど、それで今度の事件は臭うというわけやな」

短い足を組み、椅子にふんぞり返って漆崎はいった。

「洒落《しゃれ》をいうてる場合やおません。何とかええ手はありませんか」

「そうはいうても、まだ殺しと決まったわけやなし、こっちから動くわけにはいけへんやないか」

「やっぱりそうですか」

新藤は頭を掻《か》きむしる。郁夫たちの苦労で、あの事故が仕組まれたものではないかという手がかりを得られはしたが、そこから先が一歩も進めないのだ。

「事故の状況に不自然なところはないのか」と漆崎が訊いた。

「生野署の交通課に知り合いがおるので訊いてみたのですけど、別に問題はないようです。現場のスリップ痕《こん》などの痕跡《こんせき》も、原田日出子の供述と一致しているらしいですし」

「するとそっちから攻めるのは無理やな」

不精髭《ぶしょうひげ》が気になるのか、漆崎は何度も顎をこすった。

「ただ、ひとつだけ変なことをいうてました。現場にハンマーが落ちてたらしいんです」

「ハンマー？」

「金槌《かなづち》のことです」

「そんなことはわかってる。現場のどこに落ちてたんや」

「壊れた車のドア付近です。さらにおかしなことに、ハンマーはひとつやないんです。調べたところ、シートの下にもう一つ落ちていたそうです」

漆崎は瞬《まばた》きを繰り返すと、右左と首を曲げた。

「車の運転に、ハンマーなんか必要ないはずやな」

「その点も交通課で訊いたところ、ハンマーを積んでたことは不思議ではないそうです。たとえば川や海に車ごと落ちた場合、フロントガラスを割るために必要ですから、ひとつぐらいはあったほうがええそうです。ただそれが二つとなると、首を傾《かし》げざるをえません」

「ハンマー二つか」

漆崎は大袈裟《おおげさ》に首を傾げると、上着を持って立ち上がった。「そしたら行こか」

「どこへ行くんですか」

「決まってるがな。若本の部屋や。何かわかるかもしれん」

若本は二階建て木造アパートの一室を借りていた。漆崎はアパートを管理している不動産屋に連絡し、合鍵を持ってこさせた。

「あの人、交通事故に遭いはったらしいですね。家族はおらんし、えらいことですな」

チョビ髭を生やした不動産屋がいった。

「ずっと独りですか」

「いいえ、ここに入った時は奥さんがいてはったのです。五、六年前になりますな。それが一年目にガンで亡《な》くならはって……気の毒な人ですわ」

不動産屋は二人の刑事を二階に案内した。一番端《はし》が若本の部屋らしい。

「それにしても警察の人も大変ですなあ。本人が意識不明やから、何か調べるにもこうして部屋を当たらなあかんのでしょ？」

「まあ、そんなところです」

漆崎は曖昧《あいまい》に答える。勝手にこういう捜査をしたことがバレれば後で厄介なのだが、そういう時でも適当にごまかすのは漆崎にとって難しいことではない。

不動産屋が鍵を外してドアを開けた。だが中に入りかけた新藤は、部屋のようすを見て思わず立ち尽くした。若本の部屋は何者かによって徹底的に荒らされているのだ。

「漆さん……これはいったいどういうことでしょう」

「ううむ」

漆崎は部屋に上がりこむと、室内を見渡した。押入れは開け放たれ、整理ダンスや机の引き出しは抜かれている。そして足の踏み場もないくらいに、雑多なものが畳の上に散らかっていた。

「誰がやったんでしょう？」

「そんなこと、俺にわかるかい。けど、これであの事故が単なる事故でないことは、ほぼ間違いなくなった」

漆崎は腰に手をあてて頷いた後、壁際の畳の表面に目を止めてしゃがみこんだ。

「どうしました？」

「おい、これは何やろな」

漆崎が指先に摘《つま》んだのは、赤黒い米粒ほどの塊《かたまり》だった。粘土のようにも見える。

「何でしょうね」と新藤も首を捻った。

「鑑識に来てもろたほうがええけど、何せ勝手にやってることやから手続きが面倒やな。しょうがない。班長に正直に話して、二人で怒られよか」

そういって漆崎が電話に手を伸ばしかけた時、その電話が鳴りだした。漆崎はビクッとして一瞬手を引っ込めると、それからおそるおそる受話器を上げた。

「はい、若本さんの部屋ですけど。……えっ、いや私は警察の者です。はっ？　そっちは病院ですか。いえ、若本さんと繋《つな》がりのある人はいませんけど。……えっ、それは本当ですか」

漆崎は送話口を塞《ふさ》ぐと、新藤に向かっていった。「おい、若本が死んだらしいで」

9

「強盗？　あの若本さんが……」

しのぶは目を剥《む》いた。

「そういうことです。えらいところで瓢簞《ひょうたん》からコマですわ。おかげで僕と漆さんが勝手に動き回ってたこと、上司から叱《しか》られんで済みました」

新藤は上機嫌である。意外なところで手柄をたてられたからだろう。それで今夜はステーキを御馳走してくれている。

新藤によると、若本の部屋で漆崎が拾った粘土のような塊は、油絵用の絵の具だったらしい。専門家に見せたところ、かなりの年代ものだという。若本がそんなものを持っていたという事実はいくら探してもないので、当然盗難品ではないかと疑われた。そうなると思い出されるのが、先日生野区で起きた強盗事件だ。早速《さっそく》絵の具を鑑定してもらったところ、盗まれた絵画から脱落したものにほぼ間違いないということだった。

「しかし問題はここからです」

ステーキを口に運ぶ手を途中で止めて新藤はいった。「強盗は二人組でした。つまりもう一人の仲間がおるはずです。そいつが擬装《ぎそう》事故に加担したり、若本の部屋を荒らして金や宝石、絵画などを奪ったりしていると見て、まず間違いないでしょう。こいつを捕まえなあきません」

「何か手掛かりはあるんですか」

「あります」

新藤は自信たっぷりで頷いた。「ところで先生は例の擬装事故で、狙われたのはどっちやと思います。若本ですか、原田さんですか？」

「若本と違うんですか？」

「狙われたのは若本ではなく原田さん、というのが我々の推理です」

「へえ」

「先生も御存じの通り、原田さんは強盗事件の起こった松原家のすぐ近くに住んではります。もしかしたら事件の当日原田さんは、偶然若本たちが逃走する場面に遭遇しはったんやないでしょうか」

「えっ、原田さんはそんなこと、一言もいうてはりませんでしたけど」

しのぶは驚いて、ぱちぱちと瞬きした。

「本人はそれを自覚してないんです。ところが犯人側は自分たちの顔を見られたと思った。逃走する時には、覆面も外してたでしょうからね。しかしこの時点では、若本たちもそれほど心配はしてなかったはずです。似顔絵を描かれるかもしれんけど、はっきりいうてあんなもんは当てになりませんから」

新藤は苦笑を浮かべた。「ところが思いもよらんことに、目撃した女は自分が勤める教習所の生徒でした。しかも、何度も何度も自分の車に乗ってくる。若本としては、この女が自分の顔を覚えててわざと乗ってくるのか、知らんとやってるのか判断に困ったことでしょうな。知らんにしても、何がきっかけで思いだすかわからん。それで消してしまおうということになった」

「そこであの特訓の話をもちかけたわけですか」

「そうやと思います。一時停止から出てきたところを、仲間がわざとぶつかっていくという筋書きです。本来は運転席側にぶつかって、原田さんが死ぬはずでした。犯人たちも多少の怪我はするでしょうが、予定している事故だけにかなり対処できます。ところが原田さんは若本が思っていた以上に運転が下手で、ブレーキとアクセルを間違えてしまった。その結果予想外の事故になって、若本のほうが死んでしもたのです」

運転が下手で命が助かるということもあるんやなあと感心してから、

「若本としてはバチが当たったということやな」

しのぶは何度も首を縦《たて》に動かした。「でも殺人手段としては、あんまり確実な方法ではないですね。原田さんが死ぬとはかぎらんでしょ」

「もちろんその場合の策も練《ね》ってありました。若本の車にはハンマーが積まれてたんですけど、もし原田さんが死ねへんかった時には、それでとどめを刺すつもりだったのやと思います」

「うわあ、なんちゅう残酷な」

しのぶは口を歪め、鼻の上に皺《しわ》を寄せた。

「ただ解《げ》せんのは、ハンマーが二つあったことです。そこに深い意味があるのかどうか、現在検討中です」

「とにかく例の事故については、そういう説明がつくわけですね」

「そうです。それで我々としては、原田さんが強盗について何か覚えていないか、そこに期待を繋いでるわけです」

「何とかがんばって犯人を捕まえて下さい。殺人事件が裏にあったとなると、原田さんの過失にも同情の余地が出てきますから」

「まかせといて下さい。後は時間の問題です」

新藤は胸を叩いた。

ところが話はそう簡単にはいかなかった。翌日新藤と漆崎は原田日出子を訪ねたが、彼女は強盗に関する心当たりなど全くないといったのだ。

「強盗を見たかどうかを訊いてるんやないのです。あの日の朝の行動を教えてください。その時に原田さんは、どこかで強盗に接近しているはずなんです」

漆崎は唾《つば》を飛ばしながらいったが、日出子は首をふった。

「せやからそんなはずないんです。あの朝はあたし、体調が悪いよってにずっと寝てたんですから」

「えっ？」

漆崎は返答に詰まり、新藤と顔を見合わせた。「そしたら……どういうこっちゃ」

10

「原田さんは何も見てないて？　一体どうなってるんですか」

「わかりません」

「それやったら、犯人が原田さんを狙う理由があれへんやないですか」

「おっしゃる通りです」

「そしたら、結局どうなるんですか」

「現段階では、ただの事故ということに」

「そんなこと、絶対にないわ」

しのぶはテーブルを叩いた。ここは彼女の部屋だから思う存分怒鳴れる。で、怒鳴られているのは新藤と漆崎である。先程から二人で交互に頭を下げている。

「犬の糞のこともあるでしょ。絶対に仕組まれたものです」

「しかしですね」

新藤が弱々しく口を開きかけた時、「ひとつだけ考えられることがあります」と漆崎がいった。

「二人の強盗のうち、一方がもう片方を殺すために原田さんを利用したということです。犯人は原田さんの住所が松原家に近いことに目をつけ、あの女に自分たちの顔を見られている可能性があると相棒に話し、殺人計画をもちかけるわけです。しかし本当の狙いは、相手を殺すことにあった」

「すると若本のほうが騙《だま》されたということですか」

しのぶがいうと、「そういうことになりますね」と新藤も同意した。しかし漆崎だけは難しい顔つきで腕を組むと、ぽつりといった。

「若本を狙うのやったら、助手席側から突っ込んだほうが確実やないか」

「えっ？　ああ、たしかに」

今ようやく気づいたというように新藤は頷いた。「すると……その逆？」

「うん。俺は逆やないかと思う。若本が、相棒を殺そうとしたのと違うか」

「なるほどその可能性もあるわけか」

「というても、決め手がないけどな。何もかも想像。お話や」

漆崎は両手で顔をこすった後、ぴしゃぴしゃと頬を叩いた。

「漆さんのいうように、原田さんは利用されただけとして、なんで原田さんが選ばれたんでしょうね」

「せやからそれは、強盗事件のあった松原家と原田家が近かったからや」

「それはそうでしょうけど、うまいこと近づけたものですね。早朝特訓をするほど親しくなるのも、それほど簡単ではないでしょう」

「ああ、それは原田さんが若本を贔屓《ひいき》にしてたからです。最初三回ほど続けて若本の車で、その時に気に入ったとかで……」

いいながらしのぶは違和感を抱いた。あれほどたくさんの教官がいるのに、続けて三回同じというのは不自然な気がした。

「もしかしたら……」

しのぶがテーブルを両手で叩いたので、漆崎は驚いて飛び上がった。

11

早朝六時。さすがに教習所には人気《ひとけ》がなかった。

しのぶは建物を通らずに、直接教習車を置いてある駐車場に行った。同じ型式の車がずらりと並んでいる。

その一番端の車の陰から、のそりと一人の男が現れた。

「何か用ですか」

男の目に警戒の色が浮かんでいる。その目を見返してしのぶはいった。

「原田さんの代理で来ました。あの人、今はあまり自由に動けませんから」

昨夜、日出子からこの男に電話をかけてもらった。取引したいことがあるので、明朝六時に会いたいという内容だった。それだけでこの男には理解できるはずだ。この男は強盗に入った後、日出子に顔を見られたと思いこんでいるはずなのだ。

「ふうん……で、何の用や。こんな朝早ように呼びだして」

「用件はいわんでもわかってるでしょ。原田日出子さん、あなたとどこで会《お》うたか、思いだしたいうてます」

しのぶがいうと、男はくるりと背を向け、またゆっくりと振り返りながらいった。

「何ぼや？」

「えっ？」

「いくら欲しいのか訊いてるんや。それが用件やろ」

これを聞けば充分だった。しのぶは片手を小さく上げた。それと同時に、入り口からブルーの車が入ってきた。男が呆然とする前で車は止まり、中から漆崎と新藤が現れた。車の後部席には、どういうわけか鉄平と郁夫も乗っていた。

「な、なんや、おまえら」

男が吃《ども》っていった。新藤は警察手帳を出して近づいた。「観念せえよ」

男はしのぶを見て喚《わめ》いた。「くそう、騙したな」

「おとなしいせえ」

新藤がいったが、男はおとなしくはしなかった。そばにあったレンチを握ると、新藤に向かって投げつけたのだ。レンチは彼の額《ひたい》に当たり、真っ赤な血が流れだした。

「きゃっ、新藤さん」

しのぶが彼に駆けよるのと同時に、男は近くの車に乗りこみエンジンをかけた。

「あっ、逃げよる。新藤、しっかりせえ。早よ追うんや」

漆崎が叫んだ。

「血、血が目に入って……」

「こんな状態では運転なんか無理やわ。漆崎さんが運転してください」

「あかん」

「なんでです？」

「免許を持ってない」

「えーっ」

「いや、大丈夫。僕が運転します」

新藤は立ち上がったが、足がふらついている。しのぶは意を決すると、ハンドバッグの中から口紅を出し、新藤の車のボンネットに、『仮免許練習中』と大きく書いた。

「わっ、先生、何をするんです」

「あたしが運転します。早よ、乗ってください」

「そんな無茶な」

「新藤、文句いわんと乗れ。ここは先生を信用しよ」

乗りこむと、鉄平たちが手を叩いた。

「やったー、センセ、がんばってや」

「わかってる。全員安全ベルトを締めてください。では出発」

エンストした。

「ああ、先生、やっぱり僕が」

「やかましい。やるといったらやる」

エンジンをかけ直すと、今度はタイヤを鳴らして急発進した。悪ガキ二人が歓声を上げた。

道路に出ると、すでに相手の姿はない。しのぶは思いきりアクセルを踏んだ。早朝なので交通量は少ない。スピードメーターの針が、あっという間に七十キロを指した。

「すごい、ジェットコースターみたいや」

「あわわ、ナマンダブ、ナマンダブ」

「こら新藤、覚悟決めんかい」

やがて、はるか前方に相手の車が見えた。しのぶはさらにスピードを上げる。そしてようやく追いつきかけたところで、相手は左折して脇道に入った。しのぶはあわててブレーキを踏む。タイヤが悲鳴を上げ、車体はくるりと回転した。

「ひゃー、ジェットコースターより怖い」

「助けてくれ」

体勢を立て直すと、再び後を追った。道は曲がりくねっている。殆どスピードを緩《ゆる》めないので、乗っている者は左右に激しく振られた。やがて工事現場のようなところに出た。

「あっ、センセ。あそこにおる」

鉄平にいわれて見ると、工事現場の向こうを敵が走っている。

「ようし」

しのぶはギアを落とすと、一気に工事現場の中を突っ走った。砂利や材木、鉄骨などが積まれているので、それをよけながら走らねばならない。

「先生、あんまり無理せんといて下さーい」

新藤が叫ぶのと同時に、車はものすごい勢いで瓦礫《がれき》の山を上り始めた。

「わーっ、ひっくりかえる」

「死んだー」

全員の悲鳴が最高潮に達した時、車はどしんという音をたててどこかに下りた。思わずしのぶも目をつぶっていたが、そろそろと瞼《まぶた》を開けると、すぐ目の前に車があった。

その車の運転席では、先程の男がぽかんと口を開いている。

「やった、捕まえた」

しのぶは皆にいったが、新藤たちも男と同じように虚脱した顔をしていた。

12

「つまりどういうことですか」

チョコレートパフェを食べながら、しのぶは訊いた。これは無論漆崎と新藤のおごりである。彼女の隣では、鉄平と郁夫がプリンアラモードを食べている。

「あの男、小林というんですが、むしろあいつが若本にそそのかされてたみたいですな」

漆崎が説明を始めた。小林というのは、予約カウンターで配車をしていた男だ。あの男が若本の仲間だったのだ。

「強盗に入ったのも、若本に誘われてのことらしいです。まあ相手がすでに死んでるので、自分の有利なようにしゃべってるのかもしれませんけど」

「原田さんの命を狙《ね》ろたことは白状しましたか」

「しました。殆ど推理通りです。まず若本は小林に、あの原田という女が強盗のあった日、現場近くでおまえの顔を見たといってた、と告げたそうです。もちろんこれは若本の作り話です。原田さんの住所を見て、思いついたんでしょうな。けど小林は驚いて、怯《おび》えました。そこで若本は、原田さん殺しを持ちかけたんです。まず自分が親しくなって二人きりになるチャンスを作るから、その時に殺そうという計画です。小林はその計画に乗りました。それでまず、原田さんが必ず若本の車に乗るように配車を細工したんです」

しのぶは何度も頷いた。この点が不自然だったので、小林に疑いの目を向けることになったのだ。

「で、親しくなったところで例の擬装事故ですね」

「そうです。ところが予想に反して先生が一緒に現れたものやから、連中もあわてた。そこで先生を足止めするために、犬の糞を仕掛けたわけです」

「あの男の仕業《しわざ》か」

しのぶは唇を噛んだ。一連の犯行もそうだが、犬の糞についても怒っている。

「先生が来なかったので、奴らは予定通り犯行に及びました。しかしここで若本は、小林とは別の作戦を立ててたわけです。それは原田さんだけでなく、隙を見て小林も殺してしまおうというものでした。いや奴にとっては、小林を殺すことこそが本当の目的です。奪った金品を独り占めできますからね。もし原田さんが気を失ってたりしたら、彼女の命までは奪う気はなかったと思います。ただ彼女の意識がしっかりしていた場合は犯行を見られてしまいますから、殺すつもりだったのでしょうね。二台の車がぶつかって、当てたほうも当てられたほうも死亡、こういうことはようあることです。そのために若本はハンマーを二つ用意しておいたんです。同じハンマーを使えば、死体にもう一方の死体の痕跡が残るかもしれんと用心したのでしょう」

「何と用心深い」

「いや、実際はそれほどでもありません。監察医に確認しましたが、ハンマーで殴《なぐ》り殺したのと、交通事故で頭打って死んだのとを間違うことは、まずないやろうということでしたから」

「なんや。ということはあの若本という男、死に損やな」

「そういうことになります。まあ悪いことはできんということの、見本みたいな事件でしたね」

「原田さんはどないなります？」

しのぶは新藤に顔を向けた。彼の額には大きなバンソウコウが貼られている。

「ある程度の処分は免《まぬが》れへんかもしれんけど、単なる一時停止違反程度の罰で済むと思います。何しろ相手がわざとぶつかってきたのやから」

「助かったわ。お母ちゃんに代わって礼をいいます」

郁夫はぺこりと頭を下げた。

「減点とかの処分はどうなるんですか。原田さん、まだ免許を持ってはらへんでしょ」

「せやから原田さんが晴れて免許をもろた瞬間に、その違反による罰則が生き返るんです。極端な話、免許交付前に免許停止処分を受けるような違反をしたら、その人は免許交付の瞬間に停止、つまり当分免許はもらえんということになります」

「ひえー、そうですの。全然知らんかった」

「危ないところでしたね。仮免であんな運転して、もし取り締まりを受けてたら、スピード違反やら危険行為やらで、交付早々に減点されまくるところでした」

新藤はにやにやした。

「助かったわ。免許をもろたら安全運転に徹しよ。皆さん、その時にはまた乗せてあげるからね」

しのぶがいうや否《いな》や、「さっ、そろそろ帰ろか」と、鉄平たちだけでなく新藤たちまでもが腰を上げ始めた。

しのぶセンセの上京

1

「やっぱりまずは東京ドームやな。公式戦は満員やていうけど、オープン戦やったらそんなこともないやろ」

ガイドブックを広げて田中鉄平がいう。彼の横の車窓には、富士山がすっぽり入っている。ほどよく雪をかぶった山頂が、雲に遮《さえぎ》られることなく拝めるのは、日頃の行いが良《え》えからやなとしのぶは胸の中で呟《つぶや》いた。

「わざわざ東京まで行って野球見物もないで。原宿行こ、原宿。若者は若者の町に行かなあかん」

鉄平に反論するのは、例によって同級生の原田郁夫だ。大声になっているのは、ウォークマンのイヤフォンを耳に突っ込んでいるからだろう。

「何いうてんねん。原宿なんか、アメリカ村と変われへんやんけ。けどドーム球場は大阪にはないで」

「中でやってることは一緒や。第一、巨人は嫌いやねん」

「せやから巨人阪神戦を観に行こていうてるやないか」

「あほらし。何が悲しいて、新幹線まで乗って阪神がボロ負けするとこ見なあかんねん」

「負けるとは限らへん。ひょっとしたら、いうこともあるで」

「ないない。もう懲《こ》りてんねん」

二人のやりとりをぼんやりと聞きながら、しのぶは見ていた時刻表をしまうためにバッグを開いた。その時バッグの内ポケットに入れてある封筒が目に止まった。それは中西雄太《ゆうた》からの手紙だ。内容は次のようなものだった。

『先生お元気ですか。先生のことだから、たぶんお元気にしておられることだろうと思います。さて僕も東京に来て一年になりました。こちらの生活にはいろいろと馴れないことも多いので、とても苦労しています。言葉づかいも今はなんとかやっていますが、最初はまわりと全然違うのでとまどいました。還境もずいぶん違います。時々大阪のことを思い出します。なつかしいです。大阪の友達にも全然会っていませんが、みんな楽しく中学生活を送っているのでしょうか。田中とか原田とかの、面白い話も聞きたいです。でも当分大阪に行く予定はありません。父の仕事が忙しくて、そんな暇《ひま》がないからです。それで僕一人で帰ろうかと考えましたが、泊まるところがないし、友達の家に泊めてもらおうと思っても、うちの両親の許可が出ません。そんなくだらないことをいってないで勉強しろと叱《しか》られます。先生、東京に来る時があったら連絡して下さい。僕が案内します。ではお身体に気をつけて、大学の勉強がんばって下さい。かしこ』

しのぶがこの手紙を受け取ったのは先月のことだ。これを読んで、ちょっとヤバイなあと彼女は思った。

中西雄太というのは、しのぶが以前教鞭《きょうべん》を執っていた大路小学校の教え子である。卒業後は父親の仕事の都合で東京に越して行ったのだ。しのぶは現在、内地留学という形で大学に通っており、教壇には上がっていないだけに、かつての教え子のことがいつまでも気になるのだ。

雄太からの手紙を読んで不安を感じたのは、しのぶの教師としての勘からだった。ここに書かれているのは、「昔は良かった」というグチばかりで、現在自分はこんなふうに元気なのだということが少しも書かれてない。転校していった生徒などが、しばしば陥《おちい》る心の病気に、雄太もかかりかけているのかもしれなかった。

会いに行ったほうがいいかなと思っていたら、うまくチャンスが訪《おとず》れた。大学時代の友人が東京で結婚式を挙げることになり、しのぶも招待されたのだ。春休みでもあるし、時間的余裕も少しはある。決断の早いのが彼女の取《と》り柄《え》、よしついでに顔を見に行こうと決心した。そしてこの話を、やはり教え子である田中鉄平と原田郁夫にしたところ、二人は自分たちも行くといい出したのだ。

「昔の仲間が会いたがってるのに、無視するわけにもいけへんやろ。原田と二人で漫才でもして、元気つけたらなあかん」

「けど、あんたらどこに泊まるのん？　あたしは友達の家に泊めてもらうつもりやけど」

すると鉄平は平気な顔で、

「そんなもん、何とでもなるわ。いざとなったら中西の家に泊めてもらうがな」

といった。そして実際彼は雄太に連絡して、原田郁夫と二人で泊めてもらえるよう話をつけたのだ。雄太の家はなかなかの豪邸で、二人や三人の客を泊める程度の部屋は、いつでも余っているということだった。

ひかり号は新横浜を過ぎ、間もなく東京に着こうとしている。しのぶは荷物を下ろし、上着を羽織った。鉄平と郁夫は、まだ何やらもめていた。

東京駅に着くと、新幹線改札口まで雄太が迎えに来てくれていた。一年会わないとこれほど変わるものかと思うほど、大人っぽくなっている。髪形や服装も鉄平たちと較《くら》べて洗練されているようだ。

「先生お久しぶりです。田中と原田も、よく来たな」

「おう、元気やったか」と鉄平。

「うん、まあまあ」

「相変わらず、ええ服着てるな。やっぱり原宿で買《こ》うたんか」と郁夫。

「いや、これは銀座のデパートだけど」

「ふうん、銀座か……」

自分に縁のない地名が出たせいか、郁夫はコメントに詰まっていた。

「さあ、立ち話も何やから、どこかでお茶でも飲みながら話そか」

しのぶが提案したが、雄太は手を振った。

「先生が東京に来ることを母に言ったら、是非家に来てもらえというんです。ここから四十分ぐらいですから、僕と一緒に来てもらえませんか」

「えっ、それはかめへんけど、迷惑と違うのん？」

「母も久しぶりに先生に挨拶《あいさつ》したいといってました。それにどうせ田中と原田はうちに泊まるんですから」

「そう……ほな、お邪魔しょうか」

雄太の母親といえば、しのぶもはっきりと覚えている。いかにも下町のおばさんといった感じの母親が多いなかで、珍しく上流階級の雰囲気を漂《ただよ》わせた女性だった。どんなに親しい間柄でも、あるいはどんなに不愉快な相手に対する時でも、きちんとした礼を尽くさなければ我慢ができないといったタイプで、何でもざっくばらんという空気にはあまり馴染《なじ》めないようだった。だから今回しのぶが上京すると聞いて、とにかく自宅に招くのが自分たちの義務だと思ったのだろう。

新宿まで行ってそこから西武線に乗り、上石神井駅で降りた。しのぶや鉄平たちは、ただ雄太の後にくっついていくだけである。「かみしゃくじい」という読み方さえわからなかった。

駅から五分ほど歩いたところに中西邸はあった。周囲に柵を巡らせてあり、その柵越しに広い庭とベージュ色の洋風邸宅が見える。敷地も百坪はありそうだ。

「図書館みたいやな」と郁夫がぽつりといった。

雄太に案内されて玄関から入ったが、誰も出てくる気配がない。雄太が大声で呼びかけて、ようやく奥から中西夫人が現れた。

「あっ、これは竹内先生、どうも御無沙汰しております」

夫人は床に両膝をつき、丁寧に頭を下げた。

「お久しぶりです。皆さん、お元気にしておられますか」

「ええ、それはもう何とか……」

「おばさん、こんにちは」と鉄平が挨拶した。「これ、お土産です。ご迷惑やと思いますけど、お世話になります」

「僕もお世話になります」と、同じように郁夫も紙包みを差し出した。

「まあ、こんなことをしていただかなくても……」

夫人は彼等二人を見て、さらに何やらいいたそうにしていたが、目をそらすとしのぶにいった。「さあ、どうぞお上がりになって下さい」

「お邪魔いたします」と、しのぶは靴を脱いだ。

応接間に通され、ケーキと紅茶を御馳走になりながら、しのぶたちは懐かしい話に花を咲かせた。雄太は思ったよりもずっと元気そうだった。言葉遣いも最初は標準語に近かったが、鉄平たちに引きこまれてか、やがて以前のような大阪弁が出始めていた。

しのぶとしては、母親から話を聞きたいところだった。ところが中西夫人は最初に顔を出しただけで、一度も部屋に入ってこない。久しぶりに親しい者だけで話をさせてやろうという考えなのかもしれない。

「勉強のほうはどう？　難しい？」

「難しいけど、何とかやってます。週四日、塾にも行ってるし」

「塾か……東京は勉強が厳しいていうからなあ」

ケーキを食べながら鉄平は感心した口ぶりでいう。近ごろでは塾に通っていないほうが特殊なのだという自覚がない。

「越してきて一年か。そしたらもう東京の地理にも馴れたやろね。休みの日には、家族でドライブとかするの？」

しのぶが訊《き》いたのは、昔小学校での保護者懇談の時に、中西夫人がそのようなことをいっていたからだ。ところが雄太は首をふった。

「そんなこと、一度もありません。こっちに来てから親父の仕事が忙しくて……」

「けど、休みぐらいはあるんでしょ」

「それが殆《ほとん》どないんです。たまの休みにも接待ゴルフとかで……。ここ十日ほど、親父と口をきいてないんです」

「それは問題やなあ」

しのぶが唸《うな》った時、

「おっ、誰か来たみたいやぞ」

窓から表を眺《なが》めていた郁夫がいった。雄太も横に行くと、「あれ？」と呟いた。

「親父だ。こんな昼間に帰ってきたことなんかないのに」

「しのぶセンセが来たから、挨拶に帰ってきはったんと違うか」と郁夫。

「そうかなあ……昨夜はそんなこといってなかったけど」

それから少ししてドアがノックされた。入ってきたのは、がっしりした体形の男性だった。雄太の父親らしい。しのぶは立ち上がって挨拶した。

「竹内先生のことは、今も時々雄太から話を聞きます。本当にいい先生に見てもらったと喜んでいるんですよ。どうぞゆっくりしていって下さい」

そういうと中西氏はすぐに部屋を出ていった。これだけのために会社から帰ってきたとは思えないから、何か用事でもあったのかもしれない。

「親父の奴、調子のいいことばっかりいってる」雄太は仏頂面《ぶっちょうづら》をしていった。「僕の話なんか、ろくすっぽ聞いたこともないくせに」

かなり重症かなと、しのぶは思った。

頃合を見計らって、彼女はソファから腰を浮かせた。

「あの、ちょっとお手洗い貸してもらえるかな」

「どうぞ。ここを出て右に行った突き当たりです」

「センセ、便器汚したらあかんで」

失敬な冗談をいってげらげら笑う鉄平たちを睨《にら》みつけ、しのぶは応接間を出た。だがトイレには行かず、反対側のキッチンに足を向けた。夫人から雄太のようすを聞いておこうと思ったからだ。が、その途中で足を止めた。話し声が聞こえてきたのだ。

「だから気をつけろと、いつもいってるだろ」

中西氏の声だ。先程とはうって変わった険《けわ》しい口調だった。

「そんなこといわれても、私だってやらなきゃならない仕事がたくさんあるんです」

「何が仕事だ。たかが家事じゃないか。どうせ近所の奥さん連中と、くだらん話でもしていたんだろ」

「そんなことしてません」

夫人は涙声になっていた。「あなたこそ、忙しい忙しいって、ちっとも家のことを考えてくれないから」

「なんだ。俺のせいにするのか」

「そうじゃなくて、少しは家の中のことにも目を向けてくださいといってるんです」

「男には仕事がある」

「また……すぐにそういって逃げるんだから。本当に仕事なんだか」

「どういう意味だ」

「一昨日も、あの女の人から電話がかかってきました。この頃は全然遠慮もなくて、図々しくあなたのことを訊いたりするわ」

沈黙のあと、中西氏の太いため息が聞こえた。

「その件については、片付いてるはずだ。今ここで争っても意味がない」

「逃げるのね」

「今はそれどころじゃないといってるんだ」

また沈黙。少しして夫人が呟くようにいった。

「……銀行には連絡したの？」

「した。金のことは何とかなりそうだ」

――いったい何の話やろ？

しのぶとしてはもう少し話を聞いていたいところだったが、この時玄関で物音がした。立ち聞きしていたとわかったら、雄太に合わせる顔がない。足音をたてぬように引き返すことにした。

玄関から歩いてきたのは、制服姿の娘だった。雄太の姉だろう。向こうもしのぶを見て、驚いたように立ち止まった。

「こんにちは。お邪魔してます。私、雄太君の小学校時代の担任で――」

途中で娘は、ああと笑顔で頷《うなず》いた。

「しのぶセンセでしょ。お噂は聞いています。あたし、姉の景子《けいこ》です。どうぞごゆっくりしていってください」

「ありがとうございます」

一体どんな噂を聞いているのか知りたいところだったが、景子はさっさと歩いていってしまった。高校一年ぐらいだろうが、なかなかしっかりした物言いをする。親の躾《しつけ》がいいからだろう。

応接間に戻ると、三人はプロ野球の話をしていた。

「センセ、えらい長かったな」

鉄平が余計なことを指摘する。隣の郁夫が、その鉄平の脇腹を肘《ひじ》で突いた。

「レディはやるべきことが多いんや。それよりセンセ、中西の奴、阪神ファンをやめて西武ファンに鞍替《くらが》えやて。いくらなんでもそれはないやろ。センセから文句いうたって」

「あたしはそろそろ失礼するわ。中西君、電話貸してくれる？　今夜泊めてもらう友達の家に連絡したいから」

「はい、電話ならそこに……あれれ？」

ドアの横の棚を指さしてから、雄太は首を傾《かし》げた。「おかしいな。いつもここに電話を置いてあるのに、今日に限ってないぞ」

ちょっと待ってくださいといって彼がドアに手をかけた時、それが外側から開けられた。中西夫人が入ってきたのだ。

「お母さん、電話が――」

いいかけた雄太を目で制して、夫人はしのぶたちを見た。

「あの、竹内先生は今夜お友達のところにお泊りということでしたね」

「そうです」

「その予定は、もう変更はきかないのでしょうか。どうしてもそちらにお泊りにならないと拙《まず》いのでしょうか」

「あの、どういうことですか」

しのぶが訊くと、夫人は一旦《いったん》うつむいてから、思いつめたような目を返してきた。

「じつは主人が仕事などでよく利用するホテルがございます。それで、そちらのほうにお泊り願えないかと思いまして……」

「そんな気を遣ってもらわんでも結構です」

しのぶは苦笑しながら手を振った。「こちらにお邪魔しただけでも御迷惑やのに、ホテルまで用意してもろたら罰《ばち》が当たります」

「いえ、それだけではなくて……」

夫人は申し訳なさそうな顔で鉄平たちを見た。「田中君たちも、そちらで泊まってもらえたらと思っているんです」

「どうして？」と雄太が横から嚙《か》みついた。「せっかく来てくれたのに、どうしてうちで泊めてあげないんだ？」

「あなたは黙ってなさい」

夫人はぴしりといい放った。その言葉の鋭さに、雄太は口を閉じた。

「ごめんなさいね」と夫人は鉄平たちに頭を下げた。「今回はどうしても都合が悪いの。いつもならこんなことは絶対にないのだけれど」

「僕らはかめへんけど……なあ」

鉄平がいうと、郁夫もうんと頷いた。

「先生、いかがでしょう？　田中君たちだけでホテルに泊まってもらうのも心配ですし」

夫人に頼まれ、しのぶも断りにくくなった。いつもの夫人なら決してこんなことはしないはずだから、よくよくの事情があるに違いない。それに先程立ち聞きした話のことも気に掛かっていた。

「わかりました。そしたらお言葉に甘えて、そうさせていただきます」

しのぶがいうと、夫人は救われたように安堵《あんど》の色を見せた。その反応にしても、やや異常というべきだった。

2

ホテルは新宿にあるということで、しのぶと鉄平たちはとりあえず新宿まで戻った。が、そこから先が問題だった。一応地図を書いてもらったのだが、駅を一歩出た途端《とたん》にわけがわからなくなってしまったのだ。

「センセ、一体どうなってるの？　この道はさっきも歩いたような気がするで」

鉄平がぼやいた。もうすでに三十分近く歩きまわっている。郁夫もぶつぶつと口の中で何やら文句をいった。

「そないいうても、この地図が正確に描いてないからあかんねん。おまけに大阪と違《ちご》うて、碁盤の目みたいに奇麗に区画整理されてないし」

「地図が悪いてか？　すぐに人のせいにしたらあかんて教えてくれたのは、センセやで」

「それはそうやけど……」

「あーあ、僕、何となく嫌な予感がしてたんや」

郁夫が情けない声を出した。「センセの方向オンチはドラクエ級やもんなあ。ちょっとやそっとでは正解に辿《たど》りつけへん。それを知っていながら、信用して地図を渡してしまうとは、なんちゅうアホなことをしてしもたんや。こんなことやったら、センセの面子《メンツ》なんか無視して、僕がリードするんやった」

「うるさいな。男のくせにゴチャゴチャいわんとき。ええと、こんなところにバッティングセンターがあるな。これは初めて通る道やね。で、太陽があの方向にあるから……」

しのぶは道の真ん中で立ち止まって、交通整理するように手を動かした。

「聞いたか？　太陽の位置がどうとかいうてるで」と鉄平。

「なんで東京のど真ん中で、オリエンテーリングをやらなあかんねん」

「わかった、こっちや」

　しのぶは確信を持って進んでいく。鉄平たちもついていく。しかし間もなく、「あれえ、おかしいなあ」と立ち止まることになった。

「こらあかんわ」

「僕ら、今夜は野宿やな。原宿に行くつもりが、一字違いで大違いや」

「砂漠をさまようてる心境やで。東京砂漠ていう歌、あったな」

「砂漠というより樹海と違うか。だんだん日は暮れてくるし、そのへんの電柱で首でも吊《つ》るしかないで」

　二人の好き勝手な言い草にも反論せず、じっと地図を睨んでいたしのぶは、顔を上げて腕組みすると、「うーむ、どうやら」と呟いた。

「センセ、どうしたん？　道、わかった？」

　鉄平の問いに、しのぶはゆっくりと首をふっていった。

「どうやら……迷《まよ》たらしい」

　二人は大きくのけぞった。郁夫がいった。

「そんなこと、百年も前からわかってるがな。迷たから、ぐるぐるぐる、歩きまわってたんや。センセ、観念して誰かに訊こ。訊くは一時《いっとき》の恥、訊かぬは一生の恥やて、うちのおばあちゃんもいうてた」

「まあ、それしかないかな」

しのぶも適当な人間がいないかと、周りに目を配った。

「けど、訊いてわかるかな」と鉄平が不安そうにいう。「わざわざ地図まで描いてもろても、これやで。口で言われたかて、絶対にわかれへんと思うな」

この意見に説得力があるだけに、しのぶも郁夫も黙りこんだ。

「タクシー拾お」と鉄平はいった。「タクシーやったら、行き先いうだけで連れていってくれる」

「それも考えたけど、やっぱりあかんわ」と郁夫がいう。「ぎょうさん歩いたようやけど、たぶん目的地までは距離にしたらちょっとや。そんな近いとこ、タクシーは行ってくれへんで」

それだけ近いところへさえ行けないのだから、しのぶとしては立つ瀬がない。

「しょうがない、最後の手段や」

しのぶは電話ボックスを見つけると中に入り、バッグからアドレス帳を取り出した。そして本間義彦《ほんまよしひこ》という名前を探すと、今日が金曜日であることを思い出して会社のほうにかけた。

本間は会社にいた。しのぶからの電話ということで声がはしゃいでいたが、彼女が東京に来ていると知って、さらにオクターブが上がった。

事情を話すと、電話の向こうで胸を叩く音がした。

「わかりました。今すぐ救出に伺《うかが》います。で、そのあたりに何か目印はありませんか」

「××バッティングセンターというのがあります」

「そこなら知っています。いいですか、決して動かないで下さい。三十分、いや二十分で行きます。ところで、一つお訊きしておきたいのですが」

本間の声が妙に改まった。

「何でしょう？」

「例の男……新藤刑事はまさかそこにはいないでしょうね」

「新藤さん？　いいえ」

そのかわりに鉄平たちがいるといおうとしたが、本間の声が覆《おお》いかぶさってきた。

「そうですか、お一人ですか。わかりました。ではすぐに参ります」

しのぶに答える暇を与えず、電話を切ってしまった。

本間義彦というのは、かつてしのぶが見合いをした男だ。そして今も彼女との結婚を諦《あきら》めていない。元々東京出身で、仕事の都合で大阪にいたのだが、昨年からまた東京に帰ってきている。今回の上京を計画した時から、彼のことはしのぶの頭にあったのだが、なるべく世話にならないでおくつもりだった。

因《ちなみ》に新藤というのは大阪府警本部の刑事で、彼もまたしのぶに求婚している。つまり本間にとっては恋仇《こいがたき》ということになるのだ。

一旦受話器を置いたが、しのぶは再び取り上げると中西家の番号を押した。予定よりも遅くなってしまって、ホテルから連絡がいってるかもしれないと思ったからだ。

コールサインが一度鳴りかけただけで、電話の繋《つな》がる音がした。続いてすぐに、「はい、中西ですが」という夫人の、どこか余裕のない声が聞こえてきた。

「あの、もしもし竹内ですけど、先程はどうも」

「ああ……」

どこかよそからの電話を待っていたのだろうか、夫人は気の抜けたような声を出した。

「今新宿にいるんですけど、ちょっと寄り道をしまして、それでホテルからそちらに連絡がいってないかと――」

しのぶがそこまでしゃべった時だ。遠くから声が聞こえた。

「誰からだ。また犯人からか？」

それは間違いなく中西氏の声と思われた。彼が夫人に尋ねたのだ。しのぶは口を閉ざした。犯人？

「もしもし、竹内先生」

夫人の声からは狼狽《ろうばい》が感じとれた。

「……はい」

「承知しました。もしホテルから連絡があった場合は、そのように伝えておきます」

「お願いします」

ごめんくださいませと夫人は追及されるのを恐れるように電話を切った。しのぶはしばし受話器を見つめていた。

――犯人？　たしかに犯人ていわはった。いったいどういうことやろ？

電話ボックスから出ると、郁夫はガードレールに尻をのせてゲームボーイをしていた。

「田中は？」

「立ちション」

郁夫が答えた時、角《かど》から鉄平が現れた。

「適当な場所がないから苦労したで。センセ、首尾はどう？」

「もうすぐ迎えに来てもらえる。それよりあんたらに訊きたいねんけど、中西君に弟か妹はおったかな？」

「えっ？」

鉄平は目を丸くして郁夫を見た。「ええと、どうやったかな」

「僕は知らんけど、さっきは家にはいてなかったみたいやね。なんでそんなことを訊くのん？」

「ううん、ちょっと知りたかっただけ」

曖昧《あいまい》にごまかしたが、鉄平たちは不審そうにしている。しのぶは咳払《せきばら》いをして、本間の到着を待つふりをした。

約二十分後に一台のタクシーが目の前に止まった。ドアが開き、スーツ姿の本間義彦が降りてきた。

「しのぶさん、お久しぶりです」

こういって彼は持っていた薔薇《ばら》の花束を大きく掲げた。

「御無沙汰してます。わざわざ呼びだして、どうもすみません」

「何をおっしゃるんです。しのぶさんのためなら――」

「こんにちは」

「ご苦労さん。やれやれ助かった」

電話ボックスの陰でしゃがみこんでいた二人が立ち上がった。本間の目が点になった。

「しのぶさん、ええと、これはどういう……」

「大阪から一緒に来たんです。いろいろと事情がありまして」

「話はあと、さあ乗ろ乗ろ」

本間を押しこむようにして鉄平がタクシーに乗り込み、郁夫もそれに続いた。しのぶは助手席に座った。

「やっと青木ヶ原から抜け出せた」と鉄平がため息をついた。

「青木ヶ原？　樹海がどうかしたのかい」

「いえ、何でもないんです。田中、しょうむないこといいなや」

「ほんまのことというてるだけや。それより本間さん、奇麗な薔薇やな」

「そうだろう。苦労して選んだからな」

本間は自慢そうに答える。苦労して、というのはしのぶに聞かせているのだろう。

「選ぶ時間があったら、もっと早よ来てほしかったけど……まあええわ。それよりほんまに奇麗や。ええ色してるし、いかにも高そうに見えるわ。一本なんぼ？」

鉄平が訊くと、本間は舌を鳴らした。

「ほら、そうやってすぐに値段を訊くだろ。大阪人の悪い癖だぜ。奇麗ですね、いい色ですねといってりゃいいんだ」

「あっ、そうか。きれい、きれい。奇麗です」

「何度もいわなくていいよ」

「奇麗けど、そっち向けといて。棘《とげ》が刺さったら嫌やから」

からかわれていることに気づいて、本間はむっとしたようだ。鉄平と郁夫はしのぶの後ろで、ケケケと笑っていた。

ホテルにはすぐに到着した。しのぶたちが歩きまわっていた地点とは、全く違う場所だった。どうやら駅を出た時から、正反対の方向に進んでいたらしい。

チェックインを済ませると、しのぶと鉄平たちは部屋に行くことにした。本間は夕食まで、そのあたりをぶらついてくるといった。

用意された部屋は同じ階のシングルとツインだった。しのぶはシングルルームに入ると、着替えもそこそこに受話器を取った。

「はい、中西でございます」

夫人の声だ。心なしか震えている。しのぶは今ホテルに着いたことを伝えてから、

「それよりお母さん、何か隠してはることはありませんか」

と切りだした。夫人が息を飲む気配があった。

「隠す……とはどういうことでしょうか」

「正直に話してください。中西君の下に、もう一人お子さんがいはったでしょ。その方に何かあったのと違いますか」

夫人は黙りこんだ。しのぶは自分の直感に自信を持った。

昼間の中西夫妻の会話、そして先程の「犯人からか」という中西氏の台詞《せりふ》から、しのぶはあの家で起こっていることの察しがついた。家族の誰か――おそらく雄太の下の子供が誘拐されたに違いない。そう考えれば、応接間の電話が取り外されていたことも頷ける。犯人からかかってきた電話を、雄太が取ったりしないようにだ。あの時点では、彼は事件のことを知らなかったのだ。

「いいえ」と夫人は弱々しくいった。「そんなことはございません。利広《としひろ》は元気にしております」

利広ということは、弟らしい。

「お母さん、隠さんといてください。あたし、警察官の知り合いがいます。何やったらその人に相談して――」

「いいえ、それは困ります」

夫人は鋭くいった。しかしそれは事実を吐露《とろ》したことになった。彼女はふうーっと息を吐き出した。

「先生、お願いです。警察にはいわないで下さい」

「やっぱり……誘拐ですか」

「ええ、今朝から姿が見えないと思っていたら、昼頃電話がかかってきて、子供の命が惜しければ五千万円用意しておけと……」

「聞いたことのない声ですか？」

「聞いたことがあるもないも、何か機械を通したようなおかしな声でした」

最近簡単に声をかえられる玩具があると聞く。犯人はそれを使ったのだろう。

「なんで警察に知らせへんのですか。日本の警察は優秀で、誘拐が成功することなんか、まずありません」

「でも、殺されている子は大勢います。警察に知らせたばかりに殺されて……そういうケースは報道されてないだけだと聞いたことがあります」

「そんなこと――」

ない、といいかけたがしのぶは口を閉じた。それを断言できる立場ではないし、子供の命さえ助かればいいという親心を責めるわけにはいかない。

「その後、犯人からの連絡はありましたか」

「はい。先程、先生から電話をいただく少し前にありました。明日の正午、金を持ってホーンテッドマンションに並べと」

「ホーン……何ですか？」

「ホーンテッドマンション。東京ディズニーランドにある、おばけ屋敷です」

「ああ……」

おかしな場所やなとしのぶは思った。そこに何かメリットがあるのだろうか。

「とにかくそういうことですから、先生は目をつぶっていて下さいませ。お願いいたします。あの子にもしものことがあったらと思うと……」

夫人は泣いているようだった。しのぶは何もいえなかった。

3

「どうしたんですか、顔色がすぐれないようですが。料理が気に入りませんか」

ナイフを動かす手を止めて本間が訊いた。しのぶたちはホテルの地下にあるフランス料理店で食事をしている。

「いえ、別に何も……」

曖昧に答えて肉片を口に入れる。が、少しも味がわからない。心は例のこと——誘拐事件のことに占められたままだ。本間が料理についての蘊蓄《うんちく》を傾けても、右の耳から左の耳に抜けていくだけである。

「センセがもの食べてる時に、話しかけても無駄やで」

メインディッシュのステーキを、あっという間に平らげた鉄平が、手持ち無沙汰そうに水を飲みながらいう。「給食を食べてて、スピーカーで呼び出されてることに気づけへんかったぐらいやからな」

「その代わり、御馳走のためやったら何でもするで。だいたい本間さんと見合いしたのも、高級レストランで食事が出来ると聞いたからやってんから」

悪がきコンビが好き放題にいっているが、しのぶは取り合う元気がない。誘拐という凶悪犯罪が行われようとしているのに、何もできない自分がもどかしかった。

——というて、中西さんに無断で警察に知らせるわけにはいけへん。いったいどないしたらええねん。

「先生、せんせい」

何度も呼ばれて我に返った。本間が心配そうに見ている。

「どうしたんですか。ぼんやりしちゃって」

「食べてる時に我を忘れるのはいつものことやけど、口が止まってるとはセンセらしないで」

へらず口を叩いているが、鉄平も少し怪訝《けげん》そうだ。しのぶは背筋を伸ばし、作り笑いをした。

「ちょっと考え事をしてただけ。ところであんたら、明日はどこへ行くの？」

「それや。中西と打ち合わせして決めるつもりやってんけど、さっき電話したら、何か知らんけど明日は外に出られへんねんて。で、どないしょうかと原田と相談してたとこや」

「ふうん……」

雄太が外出できないのは、おそらく両親から止められたからだろう。明日は中西家にとって大事な日である。

「ほな、しょうがないな。明日はホテルで勉強しとき」

ええっ、と二人は椅子からずり落ちた。

「冗談やないで、せっかくの旅行やのに。原田との話し合いは、ほぼ終わってるんや」

「どこへ行くの？」

「ディズニーランド」

鉄平の答えに、しのぶはピクンと椅子から腰を浮かせた。「なんやて？」

「聞こえへんかったんか。東京ディズニーランドや。恥ずかしい話やけど、俺も原田もまだ行ったことないねん」

「あかん」

しのぶは首をふった。「あそこはあかん。ほかの場所にしなさい」

「なんであかんの？」と郁夫が横から訊いた。

明日は中西家の身代金《みのしろきん》受け渡しがあるから、とはとてもいえない。

「せやから……あそこは遊ぶものが多すぎる。遊びすぎてアホになる」

「そんなアホな」

郁夫が大袈裟《おおげさ》に身をよじらせ、鉄平もげらげら笑った。

「俺、かめへんわ、アホになっても。せやからディズニーランドで遊びたい」

「けどあんた、東京ドームに行くていうてたやんか。そうや、明日はドームにしなさい。わあ、楽しそう。ドームのほうが断然ええわあ」

しのぶは胸の前で手を叩いたが、「これが明日はあかんねん」と鉄平はあっさりいった。「明日はオープン戦がないんや。試合もないのに行ってもしょうがない」

ううむと、しのぶは唸った。しかし、これ以上無茶なことをいうと怪しまれそうだ。それでなくても、この二人は妙に勘が鋭いのだ。

「あの、先生。先生の友達の結婚式は明後日でしたね。ということは、明日は空いているということですね」

しばらく黙っていた本間が、会話の途切れ目を見計らったように尋ねてきた。「どうです、明日は横浜あたりまでドライブしませんか。夜のベイブリッジは素晴しいですよ」

「べいぶりっじ？」

「はい。いやもちろん横浜が嫌だとおっしゃるなら、どこでも構いませんが」

この言葉で、しのぶは心を決めた。

「そしたら本間さん、あたしらもディズニーランドに行きましょ」

「えっ」と本間は絶望的な顔をした。「四人で、ですか？」

鉄平たちも驚いたようすだ。口をぽかんと開いている。しのぶは首を振った。

「別行動にしましょ。あんたらも、それでええね？」

「ええよ、センセもたまにはデートしたいやろうしな。このことは新藤さんには黙っといたるわ」

鉄平が生意気な口を叩く。「がんばりや、色男」と郁夫は本間を冷やかした。

だがしのぶの狙《ねら》いは無論デートなどではない。身代金受け渡しの現場を見張ることにある。何ができるというわけではないが、じっと苦悩しているよりは、行動を起こすほうが性《しょう》に合っているのだ。本当は自分一人で行きたいところだが、方向オンチは証明済みで、きちんと時間通りに到着する自信がないのだった。

単なる道案内とは知らず、本間は鉄平たちにおだてられ、アイスクリームを注文していた。

4

翌朝、約束の時刻きっかりに本間は現れた。鉄平たちはすでに出発したらしい。しのぶたちもコーヒーを一杯飲んだだけで駅に向かった。

「なぜ電車なんですか。車のほうが楽なのに」

本間は不服そうだ。二人だけのドライブを楽しみにしていたのだろう。

「せっかくやから、東京の街を歩きながら行きたいんです。車に乗ってたら、わかれへんでしょう？」

「それはまあそうですが……大した街じゃないですよ」

本当の理由は、車だと渋滞に巻きこまれる恐れがあるということだった。正午までには必ずディズニーランドに、いやホーンテッドマンションに到着していなければならない。

だが新宿を歩きながら、しみじみと東京の空気を感じたのも事実だった。同じように混雑しているのだが、大阪とはまた違った迫力がある。大阪の人の流れは滝だ。激しくぶつかりながら、強引に流れていく。それに対して、東京の人の流れは津波だ。

何か大きな力が全体に働き、巨大なうねりを作りあげている。滝に逆らう粋狂《すいきょう》も、津波の前では通用しない。

しのぶは中西家のことを思い出した。東京に来て、物質的に豊かになった典型的な家族だ。五千万円の身代金を要求され、それを支払えるだけの財力を得ている。それと引き換えに、家族の繋がりを犠牲にしているというのは、ひねくれた見方だろうか。

「先生は昨日から僕の話を全然聞いてませんね」

中央線のホームに立っている時、本間が苦笑していった。「まるで抜け殻のようだ。魂《たましい》は大阪、ですか？」

「いいえ、そんなこと」

しのぶは今朝起きてから、初めて笑った。

「ねえ、本間さん。東京の人は偉いですね」

「そうですか」

「電車を待つのに、ほらこうして皆さんきちんと並んではるでしょ。大阪では考えられへんことです」

「あれには僕も参りました」

本間は顔をしかめた。「こっちがきちんと並んでいても、電車が来た途端に入り口に殺到するんですからね。さすがに大阪人のバイタリティーというか、厚かましさは大したものだと思いました」

「恥ずかしいことです。あたし考えたんですけど、東京の人は、たかが電車に乗る程度のことで人と競うような無駄なことはしたくないのと違いますか。そんなことよりもっと別のことで、いつも人と競争してなあかんから」

「なるほど。そんなことで労力を使っている場合ではないということですか。それはいえるかもしれないなあ」

本間は納得したように、何度も頷いた。

東京駅で京葉《けいよう》線に乗り換えて舞浜《まいはま》で降りると、ディズニーランドはすぐそこだった。チケット売り場には長蛇《ちょうだ》の列ができている。うんざりするほど並んでようやく窓口の前まで来た時、チケットの値段の高さに、しのぶは目を剝《む》いた。

「たかが遊園地に何千円も出すやなんて、日本人は贅沢《ぜいたく》や」

「それだけの価値があるということです。でもたしかに高い」

中に入ると、ディズニーランドそのものより、あまりの人の多さにしのぶは舌を巻いた。春休みで、しかも土曜日とくれば無理もない。

「本間さん、今何時ですか?」

「ええと、十一時四十分です」

「そらあかんわ。本間さん、急ぎましょ」

しのぶは彼の手を取って引っ張った。本間は彼女に手を握られて嬉しそうに、「何か目当てのものでもあるんですか」と訊いた。

「はい。ホーンテッドマンションに行くんです」

「ははあ……」

本間は浮かない顔で立ち止まった。「先生、今日のような日に人気アトラクションに並ぶというのは馬鹿げています。並ぶだけで一日が終わってしまいます。もっとすいているところにしましょう」

「それがそういうわけにいけへんのです。本間さんが嫌なら、あたし一人で行きます」

しのぶがさっさと歩きだすと、

「待ってください。行きます、行きます」

本間もあわててついてきた。

だが彼がいったように、ホーンテッドマンションに並ぶ人の数は尋常ではなかった。くねくねとした列が続き、どこが最後尾なのかわからない。しのぶは足を止め、しげしげと眺めた。

「一体どないなってんねん。こないに並ばんと、日本人は遊ぶこともでけへんのかいな」

「ねっ、だからやめましょう」と隣で本間がいった。「ミッキーマウス・レビューかカントリー・ベアがいいです。いつでもすいていています」

しのぶは最後尾を見つけると、そこから少し離れたところに立ってようすを窺《うかが》った。列の横には、「只今の待ち時間一時間十分」と書かれた看板が出ている。

「ねっ、やめたくなったでしょう」

本間がいった時、見覚えのある女の子が列の後ろに立った。雄太の姉、中西景子だ。ジーンズにスタジャンという出立《いでたち》で、肩からは黒い大きなバッグを下げている。どうやら金の運び役は景子になったらしいと、しのぶは察した。バッグの中身は一万円札五千枚だろう。ずいぶんと膨《ふく》らんでいる。

「行きましょ、本間さん」

しのぶがいうと、やっぱり並ぶのかという顔で本間も歩きだした。

ほんの少しの間に景子の後ろにも人が並び、しのぶは数メートルほど離れて尾行する形になった。まだ犯人が接触している気配はない。

「今、何時ですか」

「ええと、十一時五十五分です。どうしたんですか、時間ばかり気にして」

「いえ、別に……」

しのぶがごまかした時、すぐ横から思いがけない声がした。

「気の短いセンセが、こんなもんに並んでるとは意外やな」

驚いて顔を見ると、田中鉄平がにやにやしていた。横には原田郁夫もいる。

「あっ、あんたらいつの間に」

「今来たとこ。センセの姿が見えたから、後ろから強引に進んできたんや。本間さん、昨日はごちそうさま」

「いや……」本間は呆然《ぼうぜん》としている。

まずい時にまずい連中と会った——しのぶは舌打ちしたくなったが、ふと思いついて鉄平にいった。

「あんたら、ちょっと頼みがあるねんけど、きいてくれるか」

「内容によるで」と鉄平。郁夫はナップザックからゲームボーイを取り出し、無心で指を動かしている。

「難しいことと違うねん。あそこにポニーテールの女の子がおるやろ」

「赤いジャンパーの人？」

しのぶの指すほうを見て鉄平は訊いた。景子のことは知らないようだ。

「そう。あの子のそばまで行って、誰かが近づいたりせえへんかどうか、ようすを見といてほしいねん。理由は今はいわれへんけど」

「変な頼みやけど、まあええわ。後で理由教えてや」

いうや否《いな》や、鉄平は郁夫を連れて前に進みだした。いかにも前方に連れがいるのだという顔で堂々と人をかきわけていくので、誰も咎《とが》めようとしない。なるほどあれが大阪人の図々しさかと感心した。

「先生、一体どういうことなんですか」

さすがに本間は不愉快そうに訊いてきた。

「何か隠しておられるようですね。正直に話してください。何のためにこんなことをするんですか」

これ以上隠しておくのは無理だった。ここで本間が騒いで、それが犯人の目についたりしたら大変だ。しのぶは声を落とし、「じつは――」と事の成り行きを打ち明けた。本間は息を飲んだ。

「誘拐？」

「しっ」と、しのぶは人差し指を唇にあてた。「せやから目立たんように見張りましょ」

「わかりました。協力します」

本間は長身をかがめ、睨みつけるように前方に目を向けた。そのようすが却《かえ》って不自然で、犯人に怪しまれはしないかと、しのぶは不安だった。

延々と並び、ようやく建物の中に入ったが、まだ犯人からの接触はないようすだ。景子との距離は、先程までよりも少し開いている。だが鉄平たちのナップザックが、常に彼女の近くに見えるので、とりあえずは安心だった。

「犯人はなぜこんな場所を選んだのでしょうね」と本間が訊いた。

「よくわかりませんけど、たぶんこの混雑を利用するつもりやないかと思います。何しろ見張るだけでも、これだけ苦労するんですから」

「警察に知らせていないというのが残念ですね。我々だけで、何とか犯人の手掛かりを摑《つか》めればいいのですが」

「でもとりあえずは無事に息子さんを取り戻すことです。下手に動いて、取り返しのつかんようなことになったら……」

「ええ、そうですね。慎重にやりましょう」

やがてカプセルのような乗り物に乗る時がきた。客はそれに運ばれて、幽霊屋敷を巡るという趣向らしい。一台につき一人から三人が乗りこむ。

景子が一人で乗るのが見えた。そのすぐ後ろのカプセルに鉄平と郁夫が滑りこむ。しのぶたちは、彼等よりもかなり後ろになってしまった。

「やあ、これはすごいなあ」

幽霊の仕掛けが始まると、本間は本来の目的を忘れて感嘆の声を上げた。ちゃちな人形などではなく、立体映像などの様々なトリックを駆使したリアルな幽霊が、次から次と現れるのだ。しのぶも思わず目を奪われた。第一景子のカプセルはずっと先で、見張ることなど不可能だった。

充分に堪能《たんのう》した頃、カプセルが終点に着いた。係員に導かれて降りる。

「あっ、先生。あれを……」

本間にいわれて前方を見た。景子がぼんやりと立っている。その手前には鉄平たちもいた。

「あっ」

しのぶも声を出した。景子はバッグを持っていなかった。

5

しのぶは鉄平たちに追いつくと、何か変わったことはなかったかと訊いた。鉄平は首を振った。「なかったと思うけど」

「なんや、頼りない言い方やな」

「そんなこというても、こっちは幽霊見るのに必死やもん。センセ、仕掛けがうまいことできてたなあ。さすがに外人の考えることは違うわ」

「あほ、それどころやない」

景子はふらふらと出ていく。出口の少し先に、中西夫妻の待っているのが見えた。雄太も一緒だ。

「本間さん、この子ら連れて、どこかで待っといてもらえません？　すぐに行きますから」

しのぶが頼むと、彼は訳知《わけし》り顔で頷いた。

「わかりました。そこのレストランにいます」

彼等が立ち去るのを見送ってから、しのぶは景子に続いて中西夫妻に近づいていった。夫人がすぐに気づき、はっとした顔をした。

「先生……」

「すみません。やっぱり心配で、ようすを見に来てしもたんです」

「どうも心配をおかけしてすみません」

中西氏は形式的な会釈《えしやく》をしてから娘を見た。「鞄《かばん》は、金はどうしたんだ？」

「それが……何が何だかわからないの」

景子は夢見るような顔をしている。

「どういうことだ。ちゃんと説明しなさい」

「カプセルに乗った途端に眠くなって、気がついたら終点に着いていたの。それでバッグもなくて……」

「何だと。そんな馬鹿なことがあるか。しっかりしろ。何か覚えてないのか」

中西氏は景子の肩を摑むと、激しく揺すった。景子はかぶりを振るばかりだ。

「あなた、乱暴しないで。落ち着いて下さい」

「落ち着けるか。利広の命がかかってるんだぞ。金を取られるだけで、利広が帰ってこなかったら、どうするつもりだ」

この時雄太が、「あっ」といって姉の服の袖《そで》あたりを指した。「何だろ、それ」

見ると白い紙片がセロテープのようなもので貼りつけてある。

「何だ、このマークは？」

中西氏はそれを取って雄太に見せた。雄太は口を開いた。

「これは迷子センターのマークだ」

「迷子センター……そうかっ」

中西氏は呻《うめ》くようにいうと駆けだした。しのぶも夫人たちと共に彼の後に続いた。

迷子センターに行くと、思った通り中西利広が預けられていた。まだ幼稚園ぐらいだろう。やつれたようすもなく、楽しそうにミッキーのアニメを見ていた。

中西夫妻は幼い息子に取りすがり、人目を気にせずに泣いた。それを見て笑っている人がいる。彼等の苦悩を知らないのだから無理もない。

係員に訊くと、利広は誰かに連れてこられたのではなく、一人でここへ来たのだという。非常にしっかりしていて、不安そうな表情も見せなかったそうだ。

「おい、利広。いったいどんな人に連れていかれたんだ。お父さんにいいなさい」

中西氏がいうと、利広は黙って半ズボンのポケットから封筒を出した。中西氏はそれを受け取ると、中の便箋《びんせん》を広げた。しのぶも横から覗《のぞ》きこんだ。わざと下手くそに書いた文字が並んでいる。

そこには次のようにあった。

『五千万円、たしかに受け取った。庶民にとっては大金だが、莫大な利益を得ている貴兄のことだ、少し環元したと思えば腹も立つまい。

約束通り、御子息をお返しする。ただしすでに述べてある指示を守っていただきたい。念のため、以下に繰り返す。
・午後六時まで東京ディズニーランドを出てはいけない。
・警察への通報は無論のこと、外部への連絡はすべて禁じる。
我々は現在も監視を続けている。この指示が守られなかった場合は、即刻報復に出る。我々の期待を裏切らぬように。』

読み終わった後、中西氏はあたりを見回した。どこかで犯人が見ていると思ったからだろう。

「あなた、どうしましょう」

怯《おび》えた目で夫人は夫を見つめた。

「うん。とりあえず、この指示に従おう。今あわてて警察に連絡したところで、犯人を捕まえられるというものでもないだろう」

「でもお金が……」

「金のことはいうな」

中西氏は唇を嚙むと、利広の頭に掌《てのひら》を載せた。「そんなことは二の次でいい。とにかく今は家族の無事が先決だ」

「あなた……」

夫の言葉に、夫人は目を潤《うる》ませた。

「あの、犯人がどこかで見てるかもしれないとなると、あたしは一緒にはおらんほうがええと思うんです」

しのぶがいうと、中西氏は表情を曇らせた。

「しかしすでに先生の姿も見られている可能性が大きいですよ」

「ええ。でもその場合は、あたしにも監視がつくだけでしょ。大丈夫。あたしも六時まではここを出ませんし、どこにも連絡しません」

「そうですか」

中西氏は少し考えてから、「じゃあここで別れましょうか。我々は何とか時間を潰《つぶ》します」

「それがええと思います」

どうもご心配をおかけしました、という夫妻に頭を下げ、しのぶは歩きだした。少しばらくしてから振り返ると、家族五人でポップコーン屋に並んでいるのが見えた。

6

レストランに入ると、本間が彼女を見つけて手を振っていた。鉄平たちもそばにいる。

「遅かったですね。どうなりました？」

しのぶが近づくと、早速本間が訊いてきた。子供は無事見つかったというと、彼は自分のことのように大きく吐息をついた。「それはよかった。いや、それが何よりです」

「ねえ、本間さん。あたし、ちょっと喉が乾いてしまいました。何か飲み物を取ってきてもらえません？」

「えっ？　あ、はい。何がいいですか」

「そうですねえ、本間さんが一番おいしいと思うものを取ってきて下さい」

「難しい注文だなあ。迷いそうだ」

「ええ、いくらでも迷ってください」

「うーん、何がいいかなあ」

ぶつぶついいながら本間は足早に歩いていった。それを見送ってから、しのぶは鉄平たちのほうに近寄った。「ちょっとあんたら」

なに、と二人は同時に顔を上げた。

「そのナップザック、見せてみ」

えっと二人の表情が変わる。

「大したものは入ってへんで」と鉄平はいった。

「ガラクタばっかりや」と郁夫が続ける。

「ごまかしてもあかん。何もかもわかってるねんから。もうちょっとで騙《だま》されるところやったわ」

しのぶがいうと、二人は顔を見合わせ、にやりと笑った。

「やっぱり見抜かれたか。さすがは名探偵しのぶセンセや」

鉄平がいい、二人はナップザックを差し出した。しのぶが受け取って中を覗くと、予想通り鉄平のほうには景子の黒いバッグが、郁夫のほうには空気を抜いたビーチボールが入っていた。

「思た通りや。一体どういうこと？　説明してちょうだい」

「そないにポンポンいわれてもなあ。俺と原田は中西から頼まれてん。ほら、昨日あいつの家で、センセ便所に行ったやろ。あの時のことや」

「何ていうて頼まれたん？」

「せやから、誘拐ごっこの手伝いしてくれていわれたんや。まず最初が脅迫電話」

鉄平はナップザックの中から小型レコーダを取り出し、スイッチを入れた。するとそこから聞こえてきたのは、五千万円の要求と受け渡し方法を指示する声だ。

「中西から預かったもんや。昨日センセが道に迷て電話かけにいった時、俺もほかの公衆電話で中西の家にかけて、このテープを流してん」

そういえばあの時鉄平は、立ちションとかいって、その場にいなかった。

「それから？」と、しのぶは先を促《うなが》す。

「次の仕事は、利広ちゃんを一晩預かることや。夕方ぐらいまでは中西の姉さんの友達が預かってて、その人がホテルまで連れてきた。で、その後は俺らが部屋に隠してたということやな。食べ物はルームサービスで注文できるし、ゲームボーイはあるし、結構あの子はおとなしかったで。それで今朝は一緒にホテルを出て、ここまで連れて来たというわけや」

何ということだと、しのぶは歯ぎしりした。昨夜は誘拐のことが気になって眠れなかったというのに、利広はすぐ横の部屋にいたのだ。

「で、最後はこれかいな」

しのぶはバッグとビーチボールをつまんだ。

「これは結構面白かったなあ」と鉄平は嬉しそうに郁夫と頷きあった。「中西の姉さんは出かける前にバッグから現金を出して、代わりに膨らませたビーチボールを入れときはってん。カプセルに乗ったら、それをへこまして、バッグと一緒に丸める。カプセルから降りたら、すぐに俺らに渡すという寸法や。センセがすぐ後ろにおるし、あそこはなかなかスリルあったで」

「そこやけど、あたしが誘拐のことを知ってるて、あんたらは気づいてたんか」

「当たり前や。中西から連絡が入ったからな」

ということは、昨夜しのぶが急にディズニーランドに行くといい出した理由も、この二人にはわかっていたということだ。そう思うとますます悔《くや》しくなった。

「けど、センセはなんでわかったん？」

郁夫に訊かれて、しのぶはエヘンと咳払いした。そしてハンドバッグの中から一通の手紙を出した。

「これは最近中西君からもろた手紙や。見てみ、『かんきょう』という字が間違うてるやろ。『環』の字が、還元の『還』になってる。ところでさっき犯人からの手紙を見たら、『還元』と書くところで、環境の『環』の字を使てるんや。『環』と『還』、これは中西君が昔からいつも間違えてたことや。それでまあ、ピンときたというわけやな」

「そうかあ。漢字はきちんと勉強しなあかんなあ」

郁夫は唸った後、「いや、それにしてもすごい推理や。お見事、お見事」と、茶化すように手を叩いた。しのぶはその手を払いのけた。

「話は終わってへんで。一体動機は何や。何のためにこんなことをせなあかんの?」

すると鉄平はくしゃくしゃと頭を掻《か》いて、「センセ、その理由に全然見当つけへん?」と訊いた。「ほんまはセンセかて、薄々わかってるやろ」

「わかれへんわよ」

「中西とこな、東京に来てからガタガタやそうや。金はあるけど、親父さんとお袋さんの仲が末期的なんやて。で、とうとう離婚話も出てるらしい。今もめてるのは、どの子供をどっちが引き取るかということなんやそうや」

「そんなところまでいってるの」

「それで中西と姉さんは考えた。もう一遍二人の心を繋ぐ方法はないものかなと。そこで思いついたのが誘拐ごっこや。子供のためやったら、嫌でも団結するやろ。これをきっかけに心がまとまったらええなあと、そんなふうに期待したらしい」

「そういうこと……」

しのぶは少し寂しくなった。雄太が悩んでいるようなので相談に乗ろうと思って上京したのだが、彼は彼なりに捨て身の解決法を探っていたのだ。

「俺らが来ると聞いて、実行を決断したみたいやな。もし警察に通報するようやったら、すぐに中止するつもりやったらしい。とりあえずは成功したけど、これからが問題や。何もかも白状して、親父さんとお袋さんに怒られてから、改めて離婚を考え直すよう説得するんやろな」

「そうか、うまいことといったらええけど」

「僕な、中西から聞いたんや」

郁夫が、珍しく重そうに口を開いた。「結局うまいこといけへんかっても仕方がない、その時は諦めるていうてたわ。けど最後に一度だけ、家族揃《そろ》て遊びに行きたい。その思い出を作りたいから、ディズニーランドみたいな場所を選んだんやていうてた。特に利広は、そういう思い出がひとつもないはずやからて」

「ふうん……」

先程の光景が思い出された。あの一家は、どこから見ても仲の良い家族だった。

「大丈夫、絶対だいじょうぶや」

しのぶは力強くいいきった。

「やあ、どうもお待たせしました」

本間がトレイに何種類もの飲み物を載せて戻ってきた。「結局、あそこにあったものを全部持ってきました。どうぞお好きなものを選んでください」

いただきまーすと鉄平たちが手を伸ばし、しのぶはオレンジジュースを選んだ。

「それにしても東京に来て、大変な事件に巻きこまれましたね。これからどうしますか」

本間が訊いた。

「俺らは明日は東京ドーム」

「いや、原宿や」

「君たちには訊いてないよ。先生、明日の夜はあいてるんでしょ？　食事しながら、今回の事件についての解決方法を練りましょう」

「そうですねえ」

しのぶは頰杖《ほおづえ》をついた。そういえば明日は友人の結婚式だ。スピーチも頼まれている。

新たに夫婦になる二人を前に、どんな祝辞を述べようかとしのぶは考えていた。

しのぶセンセは入院中

1

畑中弘《はたなかひろし》は、田中鉄平や原田郁夫の小学校からの友人だ。その畑中が、土曜日の放課後、中学校の正門を出たところで二人に誘いをかけてきた。

「お好み焼でも食いに行けへんか」

というのだった。鉄平と郁夫の二人は、申し合わせたようにポケットに手を突っ込み、これまた打ち合わせたかの如《ごと》く首を振った。

「金がない」と鉄平。

「同じく」と郁夫。

すると畑中は少し躊躇《ちゅうちょ》したようすを見せてから、思いきった調子でいった。

「かめへん、俺が奢《おご》ったる」

「えーっ」

二人は目を丸くして、同時に叫んだ。

「どないしたんや、熱でもあるんか？」

鉄平が額《ひたい》に手を当てようとするのを、畑中はよけた。

「臨時収入があっただけや。どうするねん。嫌やったら、かめへんで」

「行きまんがな、行きまんがな」

郁夫は手をこすり合わせ、鉄平も畑中の肩を揉《も》みながら、

「畑中君の行くところやったら、僕たちはどこへでも行きますよ、はい」

と、べんちゃらを繰り返した。

何を頼んでもいいと畑中がいうので、郁夫はあらゆる具を全部ぶちこんだスペシャル焼きを、鉄平はただひたすら量の多い特大ヤキソバを注文した。

「臨時収入て、一体何や？」

普通の二人前以上あるヤキソバを、殆《ほとん》ど息つく暇《ひま》もなく食べ終えた鉄平は、爪楊枝《つまようじ》で歯の掃除をしながら訊《き》いた。

「うん、いや、別に大したもんと違うねん」

畑中はあまり食欲がなさそうだ。普通サイズのお好み焼を、ずいぶん時間をかけて食べている。

「親戚の人から小遣いでももろたんか」と原田郁夫が訊く。

「まあ、そんなとこやな」

「ええなあ。うちなんか親戚は多いけど、下手したら借金を頼まれそうな連中ばっかりやて、親父がぼやいてるわ」

そういって郁夫は最後のひと切れを口にほうりこんだ。

食べ終えて代金を払う時になって、畑中が財布を開いた。横から覗《のぞ》きこんだ鉄平は、ひゅうと口笛を鳴らした。一万円札が数枚入っている。畑中は身体で財布を隠し、その中を見つめてしばらく考えこんでいた。

「あの、僕らは外で待ってるから」

スポンサーの気が変わっては大変と思ったか、郁夫は急いで外に出ようとした。

「ちょっと待ってくれ」

その二人を畑中は呼び止めた。「すまん、一人二百円ぐらい出されへんか。金が足らんねん」

「足らんて……万札がぎょうさんあったのに……」

不満そうに口を尖《とが》らせる郁夫を、鉄平が手で制した。

「二百円ぐらいやったらあるやろ。出したろうや」

「そら、かまへんけど」

二人は二百円ずつ畑中に渡した。

「奢るていうたのに、すまんな」

畑中はそれに自分の金を足し、支払いを済ませた。

「なんかようすがおかしかったな」

お好み焼屋の前で畑中と別れた後、鉄平は郁夫にいった。

「おかしかった」

と郁夫も同意した。「だいたいあのケチな畑中が、奢ってくれるというのがおかしい。それでも後になって二百円だけ出させたとこは、あいつらしいけど。くそっ、こんなことやったら、あんなにべんちゃらいうんやなかった」

「あの金、どうしたんやろな。ほんまに誰かからもろたんやろか」

鉄平がぽつりという。郁夫は立ち止まり、目を見張った。

「あいつはケチンボやけど、人のもん取る奴と違うで」

「それはわかってる」

鉄平は頷《うなず》いてから、にっこりした。「ま、ええわ。大方、親戚の誰かが土地でも売ったんやろ」

「そういうたら、親戚には農家が多いていうてたわ」

二人は表面上は納得したふりを装い、この話題からは離れたが、相手の顔に割り切れない思いが残っているのを、お互いに気づいていた。

この後二人は竹内しのぶのアパートへ向かった。しのぶは彼等の小学校時代の恩師だが、現在は内地留学といって、大学に通って教育学の勉強をしている。二人が彼女を訪ねるのは、テスト前か、困難な宿題を与えられた時と相場が決まっていた。彼女の力を借りようというわけである。

しかしアパートにしのぶはいなかった。代わりにいたのは、しのぶによく似た丸顔の、中年のおばさんだった。

「ああ、あんたらが田中君と原田君かいな。噂《うわさ》はしのぶから聞いてるで」

おばさんは、しのぶの母親だった。「ほんまに見るからに、ひとくせもふたくせもありそうな顔してるな。こら、しのぶが手こずるはずやわ」

ガハハハと豪快に笑うおばさんに向かって、鉄平は訊いた。

「あのー、しのぶセンセは？」

「しのぶ？　あの子は入院中や」

「入院？」

二人で声を上げた。

「大したことあらへん。ちょっとおなかを切っただけや。後はおならが出るのを待つだけやがな」

そういっておばさんは、また大口を開けて笑った。

2

激痛は、夜中にやってきた。

布団に入り、しのぶがうとうとしかけた時のことだった。

まずヘソのまわりが痛くなった。さらに吐《は》き気がする。この時しのぶの頭をよぎったのは、

――しもた、やっぱり腐《くさ》ってたか……。

ということだった。夕食に食べたハムの味が、どうも少しおかしかったのだが、まさか死んだりはしないだろうと夕カをくって、むしゃむしゃとそのまま胃袋に納めてしまったのだ。

しのぶは唸《うな》りながらトイレに行ったが、便通はなく、やたらに汗をかいただけだっ

た。布団に戻り、再び横になる。とにかく眠りさえすれば何とかなると思った。今までにも夜中に腹痛に襲われたことはあるが、眠ってしまえば朝には治っていたのだ。胃や腸には絶対の自信を持っている。

しかし彼女の下腹部にどっかりと腰を下ろした疼痛《とうつう》は、容易に立ち去ってくれそうになかった。それどころかそのエリアをどんどんと広げていく。あまりの痛みに、下半身全体が痺《しび》れるようだった。

うーん、うーんと唸りながら、しのぶは結局一晩を明かした。痛みは一向におさまらず、ちょっと動くのさえ苦痛になった。痛みの震源地と思われる右下腹部を触ってみると、かちかちに固まっている。少し押してみて、その痛みの大きさにしのぶは気を失いそうになった。

——あかん、これは食あたりなんかと違う。もっと大きな病気や。

昨夜とはうって変わって弱気になったしのぶは、顔をしかめながら電話機のところまで這《は》った。そして受話器を取り、番号ボタンを押した。実家にかけたのだ。

——何やってるねん。早《は》よ、出んかいな。娘が死にかけてるねんで。

こういう時には、コールサインの音までのんびりしているように聞こえる。しのぶは畳の上でのたうち回った。

「はいはい、竹内ですけど」

ようやく電話が繋《つな》がり、母親の妙子《たえこ》の声がした。だが、しのぶはすぐに声を出すことができず、うーんとまず呻《うめ》いた。

「もしもし、誰？　いたずらか？　この忙しい時に、承知せえへんでっ」

妙子の声が尖った。

「うー、おかーちゃーん、あたしー」

しのぶは唸りながら助けを求めた。

「えっ、えっ、えっ？　ああなんや、しのぶかいな。なんちゅう声出してるの。久しぶりやな。元気か？」

妙子はのほほんと尋《たず》ねてきた。しのぶは、これのどこが元気やねんと突っ込みたいところだったが、それどころではなく、

「おかあちゃん、たすけてー。おなか痛いー」

と訴えた。だが母親は全く動じる気配がない。

「おなか痛？　そんなもん、うんこしたら治る。便所に行き」

「行ったけど、何も出えへんねん。それに、普通のおなか痛とちょっと違うみたい」

「どう違うの？」

「なんか知らんけど、下腹が硬いねん。がちがちになってる。これはたぶん——」

「ちょっとあんた」

しのぶの話を聞き終えないうちに、妙子は電話の向こうで誰かに話しかけている。誰かというのは、無論父親の茂三《しげぞう》だろう。まだ会社に行ってないらしい。「しのぶから電話やけど……違う違う、別にあんたに替わってくれというわけやないねん。おなか、痛いねんて。下腹が硬いていうてる。……うんこ？　出えへんそうやけど。……えっ、右？　右の下腹？　——もしもし、しのぶ、聞いてるか」

「うー」

「右の下腹は痛いか」

「めちゃめちゃ痛い」

「痛いていうてるわ。……えっ、そら、えらいこっちゃ。もしもし。しのぶ、それ、もしかしたら盲腸と違うかておとうちゃんがいうてるで」

「そんなことわかってるー。わかってるから、お医者さん呼んでー」

電話の向こうで妙子が喚《わめ》き始めるのを聞きながら、しのぶはその場でぐったりしたのだった。

——ほんまにえらい手間取ったわ。あれやったら自分で病院に電話したらよかった。

病院のベッドでラジオを聞きながら、しのぶは昨日のことを思い出していた。腹痛の原因はやはり急性虫垂炎《ちゅうすいえん》で、即座に手術が施《ほどこ》されたのだった。そしてそのまま入院となったわけだ。

「ちょっと、あんた」

隣のベッドから声がした。そこで寝ているのは、白髪頭をダンゴにした婆さんだ。ここは二人部屋で、しのぶが入った時、この婆さんは先にいた。

「はいはい、何ですか、おばあちゃん」

お年寄りを大切に、という気持ちと、病室の先輩をたてる意味から、しのぶは精一杯愛想よく返事した。しかし婆さんは瞼《まぶた》を閉じたまま、下唇だけを突きだしていった。

「そのラジオの音、もうちょっと小そうにしてもらわれへん？　うるそうて、ゆっくり寝てられへん」

「あっ、すいません」

しのぶはあわててボリュームを絞《しぼ》った。

「あーあ、若い人はええわ」

婆さんは、わざとらしくため息をついた。

「病院に入っても、なんぼでも楽しみがおますからな。その点年寄りは、いつ死ぬんやろかとびくびくしてるしかない」

「そんなあ。おばあちゃん、すごく元気そうですやん」

「元気なことあるかいな」

婆さんは、ゴホゴホと芝居くさい咳《せき》をした。「個室でゆっくり寝させてもらおと思てたのに、相《あい》部屋にされるし」

どうやら、しのぶが来たことが面白くないらしい。

「えらいすいません」

「ああ、それからな。わたしのこと、おばあちゃんやなんて呼ばんといてや。わたしはあんたのおばあさんと違うねんからな」

「……わかりました。すいません」

クソばばあ、と心の中で罵《のの》りながら、しのぶは謝《あやま》った。

婆さんのこの態度は、看護婦に対しても変わらない。ベッドの寝心地が悪いとか、日があたり過ぎるとか、不平ばかりを並べたてるのだ。しかし女子プロレスラーみたいな体格をしたベテラン看護婦は、こういう患者の扱いには馴《な》れているとばかりに、適当に聞き流している。

「おばあ……藤野《ふじの》さんの病気は何ですのん？」

昼食時に、しのぶは看護婦に尋ねた。藤野というのが婆さんの名字だ。

「カルピスや」

看護婦ではなく、婆さん本人が返事をした。

「カルピス？」

「たいじょうカルピスや。おなかの周りに、えらい湿疹《しっしん》ができてしもうた」

「帯状ヘルペスです」

看護婦が笑いながら訂正した。婆さんは、むっとした。「おんなじようなもんや」

殆ど離乳食という感じの昼食を終えてしばらくした頃、ものすごい勢いでドアが開いて一人の男が飛びこんできた。

「せ、先生。しのぶ先生。だ、だ、大丈夫ですか」

入ってきたのは新藤だった。瘦《や》せていて、三文芝居の役者といった風貌《ふうぼう》だが、じつは大阪府警の刑事である。

「あれえ、新藤さん、なんであたしが入院したことを知ってるんです？」

「僕は先生のことやったら、何でも知ってますがな」

新藤は、どさくさにまぎれて手を握りにきた。しのぶは、ささっと手を毛布に引っ込める。その時、入り口からさらに二人の見舞い客が現れた。

「センセも病気になることがあるねんな。もっとも、盲腸なんか、病気の内に入れへんけど」

憎たらしい顔で入ってきたのは、田中鉄平と原田郁夫だった。

「おならはもう出たか？」

鉄平が訊く。しのぶは枕を投げつけた。

彼等の話によると、入院のことは妙子から聞いたらしい。

「けど、僕らだけで見舞いに来るのも愛想がないよって、新藤さんに知らせたというわけや」

恩着せがましく原田郁夫はいうが、どうせ情報料と称して、新藤から何かたかる腹に違いない。

「それで容態のほうは？」

新藤が心配そうに訊いた。「手術は成功したんでしょうね」

「今日び、盲腸の手術で失敗することなんかありません。おかげさまで、無事終わりました。笑《わ》ろたら、ちょっと傷口が痛いけど」

「ほんまに？」

田中鉄平が、目を光らせた。「センセ、面白い話やったろか？」

「せんでええ」

「遠慮せんでもええやん。めちゃくちゃ面白い話やで。あのな、この前原田がなー」

「わー、わー、聞けへんで」

しのぶが頭から毛布をかぶろうとした時、

「あーあ、ええなあ若い人は」

と、またしても横から声がした。「皆に見舞いに来てもろて、ちやほやしてもろて」

新藤や鉄平たちは、隣のベッドに目を向けた。婆さんは相変わらずふてくされた顔をしている。

「あれっ、煙草屋の婆さんやんけ」

鉄平が声を上げた。婆さんはぎょろりと目を動かした。

「聞いたことのある声やと思たら、田中さんとこの小せがれか」

「婆さんも入院中か。どこが悪いねん？」

「どこもかしこもや。身体中ががたがたで、もうすぐ死ぬねん」

鉄平は、あははと笑ってしのぶのほうを振り返った。

「この婆さんの口癖や。本気にしたらあかんで」

誰も本気にしてへんと、しのぶが胸の内で答えた時、また新たな見舞い客が訪れた。だがそれはしのぶの客ではなかった。

「どうや、具合は？」

灰色のカーディガンを着た禿頭《はげあたま》の老人は、どうやら婆さんの連れ合いらしい。

「まあ、ぼちぼちや。先生も、だいぶん良うなってきてるていうてはるし」

さすがに夫に対しては、まともな口のきき方になるらしい。

「そうか、そらよかったな」

爺さんはベッドの横の椅子に腰を下ろし、しのぶたちのほうを見た。「今日はえらい賑《にぎ》やかやな。あ……田中さんとこの」

鉄平に気づいたようだ。こんにちは、と鉄平は挨拶《あいさつ》し、しのぶのことも紹介した。

「そうでっか。大路小学校の。ははあ、なるほど」

爺さんは大して興味がないといった顔で頷いた。

「あんた、着替え持ってきてくれたか」

婆さんが訊く。老人は黒いビニールのバッグを持ち上げた。

「ああ、持ってきた」

「おおきに、はばかりさん。そこ置いといて」

婆さんにいわれ、爺さんはバッグを窓際の棚の上に置いた。しかし何かいいたそうに、もじもじしている。

「なんや、どうかしたんか？」

「いや、別に何もない」

爺さんは卵のような頭を撫《な》でながら椅子に戻った。

「あっそうや。あんた、今日はゴミ出しの日やで。出しといてくれたか」

「あ？　ああ……ゴミか。うん、出しといた」

「なんや、ぼうっとして。ボケてんのと違うか」

婆さんの言葉に、鉄平と郁夫がぷぷっと吹きだしそうになった。

爺さんはのろのろ立ち上がった。

「わし、帰るわ」

「えっ？　今来たとこやのに、もう帰るんか」

「せっかくやから、もうちょっとゆっくりしていきはったらええのに」

しのぶも横からいったが、老人は小さく片手を上げた。

「けど、店のことがあるよって。——ほな、また明日来るわ」

「気ィつけて帰りや」

婆さんにいわれ、彼はうんうんと頷きながら部屋を出ていった。

原田郁夫がしのぶのそばに来て、口を隠して囁《ささや》いた。

「爺さんのほうが、よっぽど死にかけてるみたいやな」

「あほ、聞こえるで」

しのぶは眉《まゆ》をひそめて窘《たしな》めた。

「もう聞こえてる」

婆さんがじろりと睨《にら》んだ。


この日の夕方、爺さんに用事を頼むのを忘れたといって、婆さんは自分で電話をかけに行った。帯状ヘルペスというのは、年寄りにとっては確かに怖い病気だが、きちんとした治療をしてさえいれば普通に動き回ることができるのだ。

しかし婆さんは、間もなく浮かない顔で戻ってきた。

「一体どこに行ってるねんやろ。何べん鳴らしても電話に出えへん」

「散歩にでも出てはるのと違います」

「あの人が散歩に出るのは朝だけや。後でもう一遍かけてみよ」

婆さんは、一時間ほどしてから再び電話をかけに行った。だが今回もやはり繋がらなかったらしい。三十分後にもう一度かけに行ったが、結果は同じだったようだ。

「どこをほっつき歩いてるんや」

口汚くいいながらも、婆さんはさすがに心配そうだ。

「田中君に、様子を見に行ってもらいましょ」

しのぶは自分のハンドバッグを取ると、アドレス帳を出し、田中鉄平のところを開いて婆さんに差し出した。婆さんは、彼女の世話になるのが少し悔しそうだったが、

「まあ、せっかくやから使わせてもらおか」

といってアドレス帳を受け取った。

例のプロレスラーみたいな看護婦が飛びこんできたのは、婆さんが鉄平に電話をかけに行ってから、三十分ほどたってからだった。看護婦は興奮のあまり、ひどく吃《ども》りながらいった。

「藤野さん、えっえっえらいことです。今、田中という子から、でん、電話があって、御主人が、ごごご、強盗に襲われはったそうです」

「えーっ」

婆さんと一緒に、しのぶも声を上げていた。手術の跡が、ずきんと痛んだ。

3

藤野家は古い木造の平屋で、店の奥に二間続きの居室があり、そのさらに奥が三畳程度の台所になっている。田中鉄平の話によると、裏口の戸が開いていたのでそこから入ると、藤野与平《よへい》がこの台所で手足を縛られて転がっていたらしい。頭から黒いゴミ袋をかぶせられ、口には猿ぐつわがかまされていたということだった。鉄平は驚いて、まず新藤のところに電話し、その後で病院に連絡した。

「何が何やら、さっぱりわかりません」

所轄《しょかつ》の刑事の質問に対し、爺さんは頭を振りながらこう答えた。「病院から帰ってきてこの家の横を通った時、裏の戸が開いてることに気イついたんです。それで変やなと思いながら裏から台所に入ったら、急に頭から黒い袋をかぶせられてしまいましてな。うわあ何すんねんと騒いだんですけど、相手はよっぽど力が強かったらしゅうて、床の上にこかされたと思たら、あっという間に手も足も紐《ひも》で縛《しば》られてました。あれは相当馴れたプロの手つきやと思います。その後は袋から口だけ出して、手ぬぐいみたいなもんで猿ぐつわをしよりました。犯人の顔は見てません。そんな余裕おまへんでした。わしを縛った後は、すぐに出ていきよったと思います。それから何時間も、そのままですわ。ほんま田中はんとこの息子さんが来てくれた時には、ほっとしましたで」

このよぼよぼの爺さんを縛る程度のことやったら、特にプロでのうても簡単にできるやろなと、所轄刑事の横で話を聞きながら新藤は思った。

犯人の侵入方法については、すぐに判明した。この家の裏口は二重になっていて、まず台所から洗濯場に出る戸と、さらにそこから外に出る戸がある。しかし鍵のかかるのは、外側の戸だけだ。この鍵というのがいい加減なもので、受け金具に金属板を引っ掛けるだけの掛け金錠である。おまけに戸の隙間《すきま》が大きいため、針金や薄い板を使えば簡単に外側からでも開閉できるのだった。

「これで今まで泥棒が入れへんかったのが不思議や」

現場を見た刑事たちは、口を揃《そろ》えていった。しかし新藤は、泥棒でも家を選ぶわな、と思った。

盗まれたものは特にないようだった。タンスや整理棚の中を物色した形跡があるが、貴重品を家の中に置いていなかったことが幸いしたらしい。

「それに、これはプロの仕事やおませんな」

狸《たぬき》の置物みたいな体形をした刑事がいった。「プロの空き巣狙いは、もっと徹底的にやりよります。それこそ足の踏み場もないぐらい、あらゆる収納物をぶちまけよるんです」

「すると素人の空き巣狙いですか。それとも何か別の目的があって、この家に忍びこんだか……」

新藤は藤野与平に、何か心当たりはないかと尋ねてみた。ありません、と老人はややうつむき加減で答えた。

4

翌日の午後、新藤が病院に来て、昨日の事件についてしのぶたちに報告してくれた。すでに所轄の刑事から連絡があって、藤野老人に怪我のないことはわかっていたので、婆さんも余裕を持って話を聞いていた。

「ほんまにアホな泥棒やで」

話を聞き終えると、婆さんは鼻で笑った。「近所になんぼでも金持ちが住んでるのに、何が悲しいてうちみたいな貧乏人の家に入らなあかんねん」

「ま、入りやすかったからですやろな」

新藤があっさりという。

「そら入りやすいわ。金目のもんを置いてないさかい、戸締まりがええ加減やからな」

婆さんはまるで貧乏を自慢するように胸を張った。

「けど、プロの泥棒やないというのが気になりますね。藤野さんの家に入ったのは、何か理由があったんと違いますか」

しのぶがいったが、婆さんは顔をしかめて手を振った。

「素人やから、うちみたいな家に入ったんや。大方、泥棒の見習いやろ。――ええと、シャツはどこへやったかいな」

そういうと婆さんはビニールのバッグに手を伸ばし、その中を探りだした。

「犯人の手がかりはあるんですか？」

しのぶは新藤に尋ねた。

「所轄のほうで前科者を調べて、指紋とかを照合することになってるようですけど、泥棒の見習いやったら見つかる見込みありませんな」

新藤が他人事のようにいうのは、強盗殺人というわけでなし、府警本部捜査一課の刑事には関係がないからだろう。

「ええと」

婆さんがバッグを持ったまま、ベッドから下りた。「ちょっと便所に行ってきまっさ。若い人同士どーぞごゆっくり」

婆さんが出ていくのを見届けてから、新藤は大袈裟《おおげさ》にしかめっ面《つら》をした。

「煙たい婆さんや。鬱陶《うっとう》しいのと同じ部屋になりましたな」

「昨日から、いびられっぱなし」

しのぶは顔面に憎しみを浮かべた。「面白いところもないことはないけど」

「がんばって早よ良うなって下さい。退院したら、僕が食事をごちそうします。お好み焼でも、たこ焼でも」

安い品ばかりいうところが新藤らしいが、しのぶはくうーっと目もとをしかめた。

「食べ物の話はせんといて下さい。昨日から赤ちゃんの食事なんです」

「そら気の毒な。先生みたいな大食漢が」

「あっ、えらいいわれ方」

会話が盛り上がりかけた時、入り口のドアがばあんと開いた。婆さんがもう戻ってきたのかと思ったが、そうではなかった。見ると、真っ赤なバラの束が入場してくるところだった。

「お加減はいかがですか、しのぶさん」

白いスーツに赤い花束という、普通ではちょっと見られない格好で現れたのは、新藤の恋仇《こいがたき》本間義彦だった。

「あれー、なんでここにいてはるんですか」

しのぶは目を丸くした。本間は現在東京の会社で勤務している。

「明日から一週間ほどこちらに出張なんですが、今日は日曜だから先に来たんです。しのぶさんの元気な顔を見るのが楽しみだったのに、まさか入院しておられたとは夢にも思いませんでした」

本間は少し腰をかがめ、花束を差し出した。

「どうでもええけど、その芝居がかった口調はどないかなりまへんか」

「おや、新藤君」

本間は白《しら》けた顔をライバルに向けた。「いたんですか」

「さっきから、ずうっといてまんがな。先生はお疲れで、これから寝はるんです。邪魔したらあきません。さあ、一緒に出ていきましょ」

「じゃあ、君だけ帰れば」

しれっといった後、本間はしのぶを見てにっこりした。「僕は今来たところだから、しのぶさんが眠りに入るまでそばにいるとしましょう」

「そしたら僕も」

新藤は椅子の上で腕組みした。

「いや、新藤君は帰ったほうがいいでしょう。犯罪には平日も日曜もないと、いってたじゃないですか」

「その新藤君というのは、やめてもらえまへんか」

「じゃあ名刑事の新藤さん、職場に戻ったらどうです」

「なんやそれ。余計馬鹿にされてるみたいやな。生憎《あいにく》今日は非番でしてな、一日中ここにおってもええんです」

「日夜犯罪と戦っておられる刑事さんに、看病は無理でしょう。ここは僕が引き受けました」

「いやいや何をおっしゃいますやら。ここは俺に任せてください」

「いえいえ僕が」

「いーや、私が」

これではしのぶも眠るどころではない。

「あの、お二人ともお忙しいでしょうから、あたしのことはほっといて下さい」

「そうですか。ほら、先生もああいうてはる。帰りましょ」

新藤が本間の腕を摑《つか》んで引っ張ったが、本間をそれを、ぶんと振りほどいた。

「しのぶさんは意外に遠慮深いんだ」

意外にとはどういうこっちゃと、しのぶが少しむっとした時、

「新手《あらて》の登場か」

と、藤野の婆さんが戻ってきていった。「おっ、今度のほうがええ男やな」

本間は嬉《うれ》しそうな顔をすると、

「美意識のある人は好きです。これは僕からの、ささやかなプレゼントです」

といって、花束から霞草《かすみそう》を一本抜き取って婆さんに差し出した。

「なんや、バラと違うんかいな」

そういうと婆さんは、その霞草をぽいとどこかに捨てた。ひゃっひゃっひゃっと新藤が笑った。

本間は気をとり直すように咳払いをすると、しのぶのほうに向きなおった。

「ああ、しかし残念だなあ。この一週間に、最低二回はデートできると思っていたん

ですけどねえ。次の土曜日にはミュージカルに行こうと思って、ほら、チケットまで用意してあるのに」

彼は背広の内ポケットから取り出した二枚のチケットを、新藤の顔の前でぴらぴらさせた。

「すみません、けどこればっかりはどうにもならへんから」

「そうそう、どうにもなりません」

新藤は何度も頷《うなず》いた。「ミュージカルは一人で行ったらええ」

「僕はしのぶさんと行きたかったんですよ」

本間はチケットをポケットに戻したが、その時藤野の婆さんが発言した。

「その切符、わてに譲ってもらわれへんか」

「えっ？」

異なことをいう、という顔で本間は婆さんを見た。「ミュージカルですよ。歌謡ショーじゃないですよ。杉良太郎も五木ひろしも出ないよ」

「わかってるがな、馬鹿にしたらあかんで。年寄りでもミュージカルぐらいは見るんや。それより譲ってくれるんか、くれへんのか？」

「ただであげたらどうです？」

新藤が無責任にいった。「年寄りは大切にしなあかん」

「いっとくけど、二枚で三万円もするんだぜ」

敵意に満ちた目を新藤に向けてから、本間は婆さんにいった。「ただではあげられないな。行きたい人はいっぱいいるんだ」

「わても大阪の女や。ただとはいわん。一万でどうや」

「一枚一万円？」

「二枚でや」

本間はのけぞった。「それは安過ぎるよ。三万でも買う人はいる。最低二万だ」

「顔のわりにケチやな。一万二千円にしとき」

「一万八千円」

「よっしゃ、中取って一万五千円や。あんたの顔を立てたろ」

本間が何もいわぬうちに、婆さんはごそごそと黒いバッグの中を探った。本間は諦《あきら》めたらしく、チケットを差し出した。「とんでもない大損だ」

「年寄りに善行を施したと思たらええ」

婆さんはバッグの中から一万円札を二枚出してきて、本間に渡した。本間は五千円を返した。

本間と新藤の二人がお互いに牽制《けんせい》し合いながら帰った後、しのぶは婆さんにいった。

「ミュージカルを見はるやなんて、えらいおしゃれですやん。それまでには退院できるんですか」

「うん、ああ、まあな」

婆さんは曖昧《あいまい》な返事をすると、くるりと背中を向けた。

ところが夕方、例の体格の良い看護婦が婆さんにいった。

「藤野さん、さっきはありがとうございました。友達も喜んでました」

「えっ、えっ、えっ？」

しのぶは目をきょろきょろさせた。「何のことです？」

「あたしが見たいていうてたミュージカルの切符を、割安で譲ってくれはったんです。二枚で三万円の切符を、なんと二万円で」

「げっ」

しのぶは思わず絶句して婆さんを見た。婆さんは布団を肩までかぶり、嘘《うそ》っぽい鼾《いびき》をぐーぐーとかいていた。

この後藤野老人が、婆さんの着替えを入れた紙袋を持ってきた。被害がなかったからか、空き巣に入られたショックが全く感じられない。爺さんによると、警察も大して本腰を入れて調べていないということだった。

「ほな、また明日来るから」

紙袋の代わりに黒いバッグを持ち、爺さんは帰っていった。

その夜、しのぶは久しぶりに高校時代の夢を見た。数学のテストを受けているのだが、全然勉強をしていなくて、何ひとつ解けないまま時間だけが過ぎていくという、暗い過去そのままの夢だった。隣に座っているのはなぜか藤野の婆さんで、

「一万五千円の霞草を二万円で売ったら五千円の儲《もう》けや」

などといっていた。

うんうんともがいた末、しのぶは目を覚ました。周囲は薄ぼんやりとした闇《やみ》だ。あよかった、と彼女は胸をなでおろした。もう数学のテストなんか受ける必要がないのだ。

しかし次の瞬間、なんか変やな、と彼女は直感した。わずかに空気が動いている。闇の中に、誰かいるのだ。

「だれ?」

おそるおそる、しのぶは声を出した。その直後、カサリと下の方で音がした。

「誰やっ」

今度は大声を出した。すると入り口のドアが開き、黒い影がさっと外に出た。

「あっ、待て」

ベッドから飛び出そうとしたが、腹部に激しい痛みを覚えて、しのぶはうーんと唸ってしまった。声を出すのも辛い。婆さんを起こそうとベッドをばんばん叩《たた》いたが、婆さんはくかーっと眠ったままだ。

闇の中で泳ぐように手を伸ばし、看護婦を呼ぶベルを探して押した。しかし看護婦がやってきたのは、それから数分たってからだった。

5

田中鉄平と原田郁夫が畑中の姿を見かけたのは、月曜日のことだった。

「おい、あれ、畑中と違うか」

学校からの帰りに、郁夫が前方を指差していったのだ。鉄平が見ると、たしかに畑中がいる。

「何やっとんねん、あいつ」

鉄平はいった。畑中は隠れるようにポストのそばに立ち、ちらちらと顔を覗かせたり、引っ込めたりしている。

「けったいなやっちゃな。後ろから声かけて、びっくりさせたろか」

こういう郁夫を、鉄平が引きとめた。

「まあ待てや。ちょっとようすがおかしすぎる」

二人はそばの電柱に身を潜め、畑中のようすを窺《うかが》った。傍《はた》から見たら、中学生にもなって隠れんぼをしているように見えるかもしれんなと鉄平は思った。しかし鬼は一体誰なのだ。

「あっ、動きだした」

郁夫が囁いた。畑中はポストの陰から出ると、足早に歩き始めたのだ。あわてて二人も追いかける。ところが畑中は、すぐ先にある派出所に入っていってしまった。

「あれ、あんなとこに入っていきよったで。どないしょ、田中」

どないしょといわれても、鉄平にもわけがわからない。派出所に入るのに、なぜ様子を窺う必要があったのか。

うーんと唸った時、畑中が出てきた。二人はまた急いで隠れる。

「あいつ、何やっとんねん。入ったと思たら、もう出てきよった」

郁夫が口をとがらせていう。畑中は逃げるように、すたすたと歩いていった。

「原田、俺らも派出所に行ってみよ。何かわかるかもしれへん」

「オーケー」

二人は派出所に近寄り、中を覗いてみた。しかし警官の姿はない。

「あれれ、おまわりがおれへんで。休憩中かな」

郁夫はずかずかと中に入っていき、室内を見回した。「派出所の中て、結構汚いな」

「おい、見てみぃ」

鉄平は机の上を指差した。そこには真新しい一万円札が、数枚重ねて置いてある。

「へえ、おまわりもなかなか金持っとんなあ」

「あほ、自分の金をこんなとこに置いとくわけないやろ。これ、ひょっとしたら畑中が……」

そこまでいいかけた時、奥のドアががちゃりと開いた。

「なんや。何か用か」

顔を出したのは、思いきり人相の悪い警官だった。その瞬間、まず郁夫がぴゅうと逃げだし、それにつられて鉄平も駆《か》けだした。

「なんで俺らが逃げなあかんねん」

曲がり角を曲がったところで、鉄平は訊いた。郁夫は、はあはあと息をきらしながら、

「わかれへん」

と答えた。「けどおまわりに急に声かけられたら、勝手に足が動いてしまいよるねん」

「けど、新藤さんとは普通にしゃべってるやんけ」

「あの人は刑事やからかめへんねん。どういうわけか、派出所のおまわりだけが苦手やねん」

「その気持ちは何となくわかるけど……それにしてもあの金、やっぱり畑中が置いたもんやろか」

「なんであいつがあんな大金を、派出所に寄付しなあかんねん」

そういいながら建物の陰から後ろを見ていた郁夫は、びくんと身体をふるわせると、「やばい。さっきのおまわりが追いかけてきよる」といって、またしても走りだした。

「せやから、なんで俺らが逃げるねん」

いいながら、鉄平も走っていた。

6

鉄平と郁夫の二人は、やけに息を乱して病室に入ってきた。汗もやたらにかいている。

「変な子らやな。なにも走って来んでもええのに」

しのぶは苦笑していった。

「センセの顔を、早よ見たかったんや」

鉄平は見え見えのお世辞をいってから、「ところで何かあったんか？　病院の前にパトカーが止まってたけど」と訊いてきた。

「うん、ちょっとな」

しのぶは、昨夜ここに侵入者があったことを二人に話した。

「ふうん、夜中に泥棒がなあ」

しのぶの話を聞いて、郁夫が首を捻《ひね》った。

「けど、そんなに簡単に病室に忍びこめるものなんか？」

「そこがこういう大きな病院のええ加減なところや。正面の出入口を通る人のことはチェックするけど、建物の横にある従業員用出入口は殆どフリーパスや。それで一旦《いったん》中に入ってしもたら、患者との見分けがつけへんから、堂々と歩きまわることができる」

「へえ。人の命を預かる病院が、そういうことでは困りまんな」

中学二年のくせに、郁夫はおっさんみたいな物言いをした。「それで、何か盗まれたんか？」

「あたしは何もとられてへんけど、おばあ……藤野さんが紙袋を」

「ほんと？」

鉄平が婆さんの方を振り向いた。

「間抜けな泥棒や。年寄りの下着を盗んで、何が嬉しいねんやろな」

「けど一昨日は自宅に空き巣が入って、昨夜はここ。やっぱり藤野さんの何かが犯人に狙われてるのと違います？」

しのぶはいった。警察も、さすがにただ事ではないと見ているらしく、婆さんにしつこく質問していた。しかし婆さんは覚えがないの一点張りだ。

「単なる偶然やろ」

今も、さらりと答えただけだった。

しのぶもベッドに寝たまま事情聴取を受けたが、犯人の人相も体格も、殆ど見ていない。男か女かもわからぬのでは、捜査の参考にはなりそうになかった。今のところ目撃者もいないらしく、刑事は渋い顔をしていた。

本間義彦が現れたのは、それから少ししてからだ。「走らないで下さい」という看護婦の声がしたと思ったら、ものすごい足音が近づいてきて、ドアを壊さんばかりの勢いで彼が入ってきたのだ。

「しのぶさん、無事でしたか」

本間は床に膝をつき、しのぶの顔を覗きこんだ。「ああ、よかった。賊が入ったという話を下で聞いた時には、心臓が止まるかと思いました」

「大層な」

原田郁夫がぽつりといったが、本間は全く動じたようすがなく、

「それにしてもこの病院は、セキュリティシステムがなってない。こんなところにいつまでも、しのぶさんを預けてはおけないな」

といって舌打ちした。「犯人の目星はついているんでしょうね。こういう時のために税金を払っているんだから、警察にはしっかり働いてもらわないと」

「ええ、まあ、刑事さんたちはしっかり調べてはりました」

手がかりなしともいえず、しのぶは曖昧にごまかした。こんな時に新藤さんが来たら余計に話がややこしくなるなあと思ったその瞬間、聞き覚えのある声がした。

「おっ、皆さんお揃いでんな」

のんびりと入ってきた新藤を、本間は血走った目で睨んだ。

「何をちんたらしているんだ。犯人の目星はついたのかい」

入ってくるなり罵倒《ばとう》されて、さすがに新藤も目をいからせた。

「俺は担当と違いますがな」

「そんなことどうだっていい。この事件を最優先するべきだ」

「俺もそうしたいけど、各自の持ち場というものがおますからな」

「じゃあこの事件の担当は誰だい？　全然警官の姿がないじゃないか」

「えらい怒ってはりますな」

「当然だ。しのぶさんが襲われて、君は犯人が憎くないのか」

別に襲われてないけど、としのぶはいいたかったが、本間の充血した目がそれを躊躇させた。

「そら憎いですけど、焦《あせ》っても仕方おません。それに警官が少ないのには理由があるんです。ついさっきこの管内で、重大事件の証拠となるものが見つかりましてね。聞き込みにかりだされてるんですわ」

「何ですか、重大事件て」

しのぶが訊いた。

「通貨偽造、つまりニセ札です。最近出回り始めてて、本格的に捜査が始まったところなんですけど、そのニセ札が思わんところに出てきましてね」

「思わんところ？」

「なんと、派出所の机の上なんです。巡査がちょっと目を離した隙に、誰かが置いたらしいです。それで今、派出所の周りの聞き込みをしているというわけで」

「へえー、ニセ札ですか」

しのぶは特に強い関心もなく相槌《あいづち》を打ったが、何となく異様な気配を感じて横を見た。

田中鉄平と原田郁夫が、チョークのように白い顔をして立っていた。

「土曜日の朝、学校に行く途中で拾たんです。ゴミ捨て場に落ちてました」

畑中弘は、おずおずと話しだした。ここは病院の待合室である。質問しているのは所轄の刑事だが、周りにはしのぶや鉄平たちもおり、事情聴取という固苦しい雰囲気はない。

「どこのゴミ捨て場?」

刑事が訊いた。

「一丁目の郵便局の裏です」

「うちの近くや」

鉄平が目を剝《む》いた。

「どんなふうに落ちてた?」

「どんなふうていわれても……ゴミ袋の陰に、ぼそっと……」

「ほかには落ちてなかった?」

「なかったと思います」

「本物やと思たわけだね」

刑事の問いに、畑中は深く頷いた。

「ずうっと本物やと思てました」

「でも交番に届けなかった」

「すいません」

畑中はうなだれた。「届けなあかんと思たんですけど……」

「結局届けたから、ええやないですか」

原田郁夫が横から庇《かば》った。

「でも、交番の机の上に置いておくだけでは困るな」

刑事は目つきを鋭くしていった。

「すいません。届けるのが遅れたからつい」

畑中はかわいそうなくらい萎縮《いしゆく》している。もうそのへんでええやないの、としのぶが思った時、刑事も手帳を閉じた。

「まっ、これからはすぐに届けるように。本物の札でも、ニセ札でも」

冗談を言ったつもりかもしれないが、誰も笑わなかった。

刑事が帰ってから、畑中はしのぶにぺこりと頭を下げた。

「センセに会うのは久しぶりやのに、えらい恥かいてしもた」

「ネコババしたわけと違うねんから、恥と違うで」

しのぶはそういって慰《なぐさ》めた。「それにしても、そんな良うできたニセ札やったんか」

「うん、良うできてた」

畑中は力をこめて頷いた。「あれが偽物やなんて、今でも信じられへん。ただちょっと紙が薄かったかもしれんけど」

「もしお好み焼屋で使《つ》こてても、バレへんかったか？」

郁夫のきつい冗談に畑中は顔をしかめた。

「そのことはいわんといてくれ。心が痛む」

「へえ、粋な台詞《せりふ》使うやんか。やっぱり中学二年やな」

しのぶの言葉に、畑中はようやく昔通りの笑顔を取り戻した。

7

翌日の夕方、新藤と本間が揃って病室に現れた。

「かぐや姫の話みたいやな」

横のベッドで藤野の婆さんがいう。「婿《むこ》候補が雁首《がんくび》揃えてきよった。もっとも、姫は少々がさつやけど」

「紳士協定を結びましてね」

婆さんとしのぶを交互に見ながら本間が説明した。「僕がこちらにいる間は、抜けがけはしないということになったんです」

「そら、面白ないで」

婆さんがいう。「色恋事は、駆け引きがないとあかん」

「爺さんも駆け引きしはったんですか」

新藤が訊く。婆さんは臆面もなく、大きく頷いた。

「したやろな。何しろわては、天神《てんじん》小町と呼ばれたほど、べっぴんやったからな。男がうじゃうじゃ寄ってきて、一人一人の顔を覚えるだけでも往生したがな。一緒になってくれへんかったら死ぬていうた男が、まあ二十人はおったやろな」

「ああ、そーでっか、そーでっか」

「僕だって」

と本間はしのぶに微笑《ほほえ》みかけた。「しのぶさんと結婚できないなら死んだほうがましだ」

「あっ、こいつ、どさくさに紛《まぎ》れて点数稼《かせ》ごと思てるな」

「点数稼ぎじゃなく、本気でいってるんだ。しのぶさん、僕が死んでもいいんですか」

「かまへん。死ね」

「君には訊いてないよ」

「俺は先生の代わりに答えたんです」

「出しゃばりは嫌われるよ」

「キザはもっと嫌われまっせ」

「ストップ」

しのぶは二人に割って入った。この二人がしゃべりだすと、しのぶでもなかなか止められない。「喧嘩《けんか》するのやったら帰ってください」

彼女に叱《しか》られ、男二人は小さくなった。

「へえへえよろしいなあ、好いた好かれたていうてられるのも、若いうちだけや」

婆さんはベッドから下りた。「あほらしいよって、散歩でもしてこ」

婆さんが出ていくのを見届けてから、しのぶは新藤に訊いた。

「ニセ札事件について、何か進展ありました?」

「ここへ来る前に所轄に問い合わせてみましたけど、何もないみたいです」

「警察が怠慢なんじゃないのかい」

本間がいう。新藤は横目で睨んだ。

「いうときますけど、俺は一課の刑事やから、ニセ札については本来関係おませんで」

「畑中君の証言は、何か役に立ったんでしょうか」

二人がまたいい争いを始めそうになったので、しのぶがあわてて質問した。

「今のところは何も」

新藤は首をふった。「あそこに捨ててあったからというて、犯人が近所の者とは限りませんからね。まあしかし貴重な証言ではあります。それだけに警察側も公表してないわけですけど」

「公表したら、あのあたり一帯の人間が、一万円札に対して異常な疑いを抱くようになるだろうな。自分のも偽物じゃないか、とね」

「畑中君の話だと、すごくよくできてるということでしたね」

しのぶの言葉に、新藤は頷いた。

「どうやらカラーコピーを使ってるらしいですが、色あいや手ざわりを本物に近づけるために、ずいぶん手のこんだことをしてあるそうです。最近の機械は、札をコピーできんようになってるという話ですけど」

「ニセ札に何か特徴はないんですか」

しのぶが訊いた。

「透かしがありません。それに畑中君がいうてたけど、紙がちょっと薄いんです。それからもう一つ大きな特徴は、同じナンバーの札が何枚もあるということです。コピーやから、そうなるんでしょうな」

「ふうん。お札のナンバーなんか、いちいち見ることありませんよねえ。どこについてるのかも、よう知りませんわ」

「たしか福沢諭吉の肖像の下あたりじゃなかったかな」

本間が上着のポケットから財布を出してきた。「まあしかし僕にいわせれば、ニセ札をつかまされる人間にも問題があると思いますね。本物か偽物か、そんなものは直感で悟るべきです。ええと、ああやっぱり肖像の下にナンバーがついている」

本間はしのぶにもよく見えるように、その札を差し出した。

「それ、新札ですな」

新藤が横からいった。

「ええ、この前藤野さんからチケット代として受け取ったものです。もう一枚ありますよ。ほら」

本間は財布からもう一枚出してきて、先程の札と並べた。

いっとき、沈黙が三人を襲った。

二枚の札は、ナンバーが全く同じだった。

8

ニセ札作りの犯人は、水曜日の昼に捕まった。藤野老人が店を閉めて家を出た直後に忍びこんできた犯人を、家の中に潜んでいた捜査員が逮捕したのだ。犯人は二十歳の大学生で、近所のアパートで一人暮らしをしていた。ニセ札は、バイト先に置いてあるカラーコピー機を使って作ったらしい。アパートの部屋には、紙やら染料やらが散乱していた。

「そもそもの発端は、この大学生の母親が、急に田舎から出てきたことです」

新藤が説明をしている。しのぶはベッドに横たわり、まるで子守り唄のように聞いていた。

「犯人はあわてた。部屋の中はニセ札だらけでしたからな。そこでそれを全部ゴミ袋に詰めてカムフラージュしたんですけど、母親というのは余計なことをする生き物で、それを本当のゴミと思て、捨ててしもたわけです。焦ったのは犯人や。急いで取りに行ったけど、もうなかった。それで付近を走りまわり、煙草屋の主人が見覚えのあるゴミ袋を持って家の中に入るのを目撃したというわけです」

藤野老人の告白によれば、ゴミ袋の口が少し開いていて、札束が見えたということだった。たぶん猫か何かがいたずらをしたのだろう。そして袋からこぼれ出た札を、畑中弘が拾ったというわけだ。

老人は金の処置を妻に相談すべく病院に行ったが、しのぶをはじめ人が多くいたので、その時は何もいわずに帰ったらしい。

「犯人は何とか取り返そうと、いろいろ苦労しました。藤野さんの家に忍びこんだり、この病室に来たり。あれだけ見事なニセ札になると、本物と同じ価値があるということですかねえ。おかげで、警察が仕掛けた罠《わな》に、簡単にかかってくれました」

犯人は必ずもう一度ニセ札を取り返しに来ると睨んだ当局は、藤野家に刑事を潜ませ、わざと主人を外出させたのだ。その初日に獲物がかかったのだから、痛快というほかなかった。

「それにしても、おばあちゃん」

と、しのぶは藤野の婆さんを見る。「お金にはいつ気がついたんですか」

婆さんはむすっとして目を閉じていたが、

「……うちの人が金入りの鞄《かばん》を持ってきた次の日や」

と、ぶっきらぼうに答えた。「着替えを出そと思たら、札束の山や。夢かと思たわ」

「それで爺さんと相談して、ネコババすることに決めたわけでんな」

「ネコババとは聞こえが悪い」

婆さんは目を開けた。「授かりもんを受け入れただけやないか」

「でも、犯人が何度も取り返しに来たのは気持ち悪かったでしょ？」

しのぶが訊いたが、婆さんは、けっと吐き捨てた。

「ああいう取り返し方をするということは、まっとうな金やないということや。それやったらわてらが貰《もろ》ても、誰にも迷惑がかからん。却《かえ》って安心したがな」

この答えに、しのぶは思わず新藤と顔を見合わせて苦笑した。

「けどばあさん、金が本物やのうて、ほんまに残念やったな」

新藤がいうと、ここで初めて婆さんは情けなさそうに顔を歪《ゆが》めた。

「ほんま、今でも信じられへん。あの本間さんとかいう人に渡した金が偽物やと聞いた時には、ネコババを白状さそと思て、嘘をいうてんのかと思たで」

やはり自分でもネコババだと思っているらしい。

「うまい話は、そう簡単には転がってへんということですがな」

新藤はガハハと笑った。

その時ドアが開き、本間が入ってきた。新藤の笑いが途中で止まった。「まだこつちにおったんですか」

「これから帰るところでね」

本間は新藤を突き飛ばすようにして、しのぶの横に来た。「またすぐに来ます。それまで待っていてください」

「はあ」

勢いに圧倒され、しのぶは目を丸くして頷いた。

「ではこれで失礼しますが、その前に――」

本間はくるりと向きを変え、藤野の婆さんを見下ろした。「おばあさん、二万円返してください。僕はあのニセ札さえ、警察に没収されてしまったんですからね。ねえ、ちょっと、おばあさーん」

だが婆さんは頭から毛布をかぶり、例によってぐーぐーとインチキ鼾をかき続けるのであった。

しのぶセンセの引っ越し

1

事件が起きた家は東成区《ひがしなり》大今里《おおいまざと》、地図を見たかぎりでは、地下鉄千日前線《せんにちまえ》の今里駅から北東に数百メートル入ったところにあるはずだった。ところが入り組んだ道が縦横斜めに走ったり、途中で行き止まりになったりで、なかなか目的地に到着できない。ようやく辿《たど》り着いた時には、真夜中だというのに、家の前には人だかりができていた。二階建て棟《むね》割り住宅の一番端だ。

「重役出勤でんな、新藤はん」

野次馬をかきわけ、家の中に入ったところで声をかけられた。先輩の漆崎《うるしざき》がすぐ左の台所で、換気扇をつけて煙草を吸っていた。

「こんな夜中に呼び出されたらかないまへんで。タクシー拾うのに、えらい手間取ってしもた。おまけにこのへんの道は、やたらごちゃごちゃしとるし」

新藤も上がりこみ、漆崎の横へ行った。三畳ほどの台所で、ダイニングとしては使えそうにない。部屋は中央に六畳の和室、その奥は便所や風呂だろう。手前に二階に上がる階段がある。

「現場は？」

新藤が訊《き》くと、漆崎は親指で上をさした。

「ほな、まあ、ちょっと見に行こか」

漆崎の後に続いて、新藤も木製の急な階段を上がった。所轄《しょかつ》の捜査員たちが挨拶《あいさつ》した。

二階には、六畳と四畳半の和室があった。六畳の方に布団が一組敷いてあり、その上に赤黒い血がべっとりとついていた。うひゃあ、と新藤は口の中で呟《つぶや》いた。

「死体はさっき運び出された」と漆崎はいった。「新藤重役が出勤してきはる前や」

「またそんな嫌味を」

「性別は男。年齢は、まあ四十過ぎというところかいな。人相はあんまりええことない。服装は、汚いズボンに、くそ汚いジャンパー。身元は不明」

「不明？」

新藤は唇《くちびる》をとがらせて問い直した。「どういうことですねん。被害者は、この家の住人と違うんですか」

「違う」

漆崎は大欠伸《おおあくび》をしながら首をふった。

「そしたら住人はどこにおるんですか。一人も姿が見えへんみたいですけど」

新藤はきょろきょろとあたりを見回した。

「この家の住人は一人や。一人暮らしや。今、東成署に連れていかれとる。なんせ、加害者やからな」

「加害者？」

怪訝《けげん》そうにしてから、新藤は大きく頷《うなず》いた。「ああ、なるほどそういうことでっか。ほな、被害者の身元もすぐにわかりますな。犯人から聞き出したらええねん」

「殺した本人は、こんな男は知らんというとるらしい」

「はあ？」

新藤はあんぐりと口を開けた。「知らん男を殺したていうんですか。そんな無茶な」

「夜中に男が突然忍びこんできたというとるわけや。知らん男やったし、身の危険を感じて思わず反撃したら相手が倒れた、てな」

「あっ、ということはもしかして……」

「そうや」と漆崎は下唇を突き出して頷いた。「盗犯等防止法の適用が問題になるやろな。まあ、これから調べてみんことにはわからんけど」

盗犯等防止法の一条に正当防衛の特則というのがある。盗みが目的で侵入してきた者を、恐怖や驚きのあまり殺傷してしまっても罪に問われないというものだ。

「ここの住人というのは、女ですか」

「そうや」

「となると、金だけが目的とはかぎりませんな。肉体のほうも奪われる可能性があったわけや」

肉体、というところをやけに強調して新藤はいった。「これは正当防衛成立の公算が高そうでんな。過剰防衛ということも、一応は考えなあかんでしょうけど」

「もちろん殺す気はなかったというてるらしい。夜中に便所に起きた後、二階の寝床に戻ろうと階段に上がりかけたら、何や上の様子がおかしい。ごそごそと物音がするわけや。それで玄関に置いてあったゲートボールの杖《つえ》を持って——」

「ちょ、ちょっとタンマ」

漆崎の話の途中で、新藤は顔の前に手を出した。「ゲートボール？　この家の住人て、何歳でんね？」

「当年とって六十二歳の御婦人や。せやからいうて、肉体を奪われる危険はない、なんちゅうことはいうたらあかんぞ。婦人団体から睨《にら》まれる」

「六十二……ゲートボールの杖……」

殺された男もさぞ無念やったやろなあと新藤は思った。

漆崎と新藤は、東成署で件《くだん》の六十二歳の婦人と対面した。名前は松岡稲子《まつおかいねこ》。明るい草色のカーディガンを着ているが、ひどく痩《や》せているので、年齢よりもさらに老けて見えた。しかもさすがに顔色がよくない。

「ゲートボールのスティックを持って、そーっと階段を上がっていったら、四畳半のほうで何か動いてたんです。よう見たら人影でした。それで私が、誰って訊いたら、急に男が立ち上がって襲いかかってきました。そらもう、怖《こわ》あて、怖あて。布団の敷いてある部屋に追いつめられた時、殺されると思いました。それで無我夢中でスティックを振り回したんです。手応えとかそんなもん、全然わかりません。気いついたら、あの男が倒れてました。布団も血でメチャメチャで。そのあとも私、五分、いや十分ぐらいは、ぼおーっとしてました。座りこんだまま、足が動かへんのです。それでもどうにかこうにか四つん這《ば》いで階段下りて、電話機のとこまで行きました。刑事さん、人間て、いざとなったらあかんもんですねえ。警察にかけるのに、一一〇が思い出されへんのです。あれ、一〇一やったかな、〇一一やったかなとか思てね。そんなこんなで手間取った後、やっと警察に電話が通じたから、事情を話して来てもらいました」

松岡稲子は淡々と、事の次第を新藤たちに説明した。一度所轄の刑事たちに話しているからだろうか、その話には矛盾がなく、整然としていた。

「あの男の顔、見ましたか」

漆崎が訊いた。松岡稲子は顔をしかめながらも頷いた。

「気持ち悪かったけど、見ました。もし万一知ってる人やったらえらいことやと思いましたから」

「知ってる人ですか」

新藤の質問に、稲子は強くかぶりを振った。

「いっぺんも見たことのない人です。けど、せやから死んでもかめへんと思てるわけではありません。えらいことをしてしもたと思います」

話しているうちに彼女は首を深く折り、やがて涙ぐみ始めた。

「家に金目の物を置いているというようなことを、最近どこかでお話しになりましたか」

稲子の涙を見たからか、漆崎の口調が一層穏やかになった。

「いいふらしたつもりはないんですけど、老人ホームに入るための申し込み金として、四百万円を昨日の昼間銀行から下ろしたばっかりでした。それを二階のタンスに入れてました」

「四百万……そのことを誰にいいました？」

「せやから誰にもしゃべった覚えはないんです。けど、銀行でお金を下ろすところを見られたかもしれません。三協《さんきょう》銀行の森之宮《もりのみや》支店です」

「三協の森之宮支店ねえ」

漆崎は腕組みをした。

死んだ男の身元が判明したのは、事件から三日目のことだった。新聞に載せられた似顔絵《にがおえ》を見て、自分の知り合いに似ていると申し出た男がいたのだ。その江島《えじま》という男は死んだ男に十万円の金を貸しており、それを回収するために男を探していたらしい。

報告を受けて、新藤も東成署に出向いた。

江島によると死んだ男の名前は永山和雄《ながやまかずお》というらしい。前科があるので、指紋を照合したところ間違いないことが確認された。

永山の現住所も江島により判明していたが、それを見た途端、刑事部屋で新藤は思わず声を上げた。

「どないしました?」と東成署の刑事が尋《たず》ねた。

「いや、何でもおません。それより」と新藤は声を落としていった。「このアパートでの聞き込み、僕に行かせて下さい」

2

「急に呼び出すから、何かええことでもあるんかいなと思て張り切って来たら、これやもんなあ」

段ボールに本を詰めながら田中鉄平がぼやいた。

「文句いいなさんな。どうせ春休みで暇《ひま》やったくせに」

しのぶはタンスの中の服を整理しながら答える。

「鉄平はともかく、僕は暇なことないで。難波《なんば》の髙島屋でトレーナーとジーンズのバーゲンしてるから、そっちへ行くつもりやったんや。けど鉄平が、絶対にこっちの方がおもろいていうから付き合《お》うたのに、来てみたら引っ越し準備の手伝いやもんなあ。最大の被害者は僕やで」

ぶちぶちと文句を並べているのは、鉄平と同じくかつてしのぶの教え子だった原田郁夫だ。彼の仕事は、食器を新聞紙にくるんで段ボールに詰めていくことである。

「ぼやきが多いなあ。しょうがない。このへんでお茶にしよか」

しのぶはジーンズの太股を叩《たた》いて立ち上がった。

「気のきいた茶菓子はあるやろな」

さっとテーブルについて鉄平が爺《じい》さんみたいな口調でいう。「いうとくけど、安モンの最中《もなか》とかやったら承知せえへんで」

「このあたしが、そんな野暮なもん買《こ》うてくると思うか」

しのぶが出してきたヨーグルトタルトを見て、鉄平と郁夫は拍手した。

「さすがはセンセや。ようわかってる」

「センセは食いもんには、ちょっとうるさいもんなあ」

「食べたかったら、早よ手え洗《あ》ろといでっ」

ぴしりといわれ、小学生の時のように二人は洗面所へ走った。

「それにしても早いなあ。俺らが卒業してもう二年か」

ヨーグルトタルトをがつがつ食べる合間に鉄平がいった。「いよいよしのぶセンセの復活やな。センセ、授業のやり方忘れてへんか」

「それをいわれると、じつはちょっと辛《つら》いねん」

しのぶが答えると、二人は意外そうに目を丸くした。

「へえ、センセにしては弱気やね」

そういって郁夫は、ちびりちびりとケーキを食べる。「いつも自信過剰《かじょう》気味やのに」

「誰が自信過剰や。こんな謙虚《けんきょ》な人間をつかまえて」

一瞬目を吊《つ》りあげたが、しのぶはすぐにまた肩を落とし、ため息をついた。「何しろここ二年間、子供と接してへんやろ。せやから、今度学校に復帰した時、ちゃんと子供らのデリケートな心を摑《つか》めるかどうか、そのへんが不安やねん」

「僕らと接してるやん」と郁夫がいう。

「そうそう」と鉄平も頷いて紅茶を飲む。

「あんたらと接してもなあ。あんたらはもう中学やし、それでのうても、デリケートというより、バリケードという感じやし」

「なんや、それ」

二人は同時にいった。

かつて大路小学校で鉄平たちを教えていた竹内しのぶは、教師としてさらに高いものを目指すため、兵庫の大学に内地留学した。その二年間を無事終え、来月いよいよ教師として復帰するのだ。一人でじっくり勉強できるようにと借りていたこのアパートも来週引きはらい、実家に戻る予定である。

「今度の学校は、阿倍野《あべの》の文福《ぶんぷく》小学校やろ。レベル高いことで有名や。PTAも、絶対うるさいで」

郁夫が痛いところをついてくる。

「レベルは高いけど、人数は少ないねん。せやから各自に目は行き届くわけやけど、それだけに教師の影響力も大きいからな。責任重大や」

「まあ、そう気にしィなや。センセのことやから、何とかなる、何とかなる」

そういって鉄平はしのぶの肩をぽんぽんと叩いた。

「あんたに励《はげ》まされるようでは、もう終わりやな」

吐息《といき》と共にいった時、玄関のチャイムが鳴った。ドアの覗《のぞ》き穴から見てみると、新藤がにやにやして立っていた。しのぶは少し驚いてドアを開けた。

「新藤さん、こんな昼間からどないしはったんですか」

「いや、ちょっとこのアパートに用がありまして――」

いいながら部屋の中に目をやり、新藤は渋い顔をした。「なんや、また君らか」

「なんやとは、ご挨拶やな。遊びに来てるのと違うで。引っ越し準備の手伝いや」

鉄平が抗議した。

「ははあ、なるほど。いよいよですねえ。それにしても早いもんや」

「新藤さん、このアパートに用事て、何ですの」

「ああ、じつは隣の人間に会いに来たんです。今は留守みたいですな」

「安西《あんざい》さんに？」

「そうです。先生、付き合いあるんですか」

「付き合いというほどのことは……。何しろ、今月引っ越してきはったばかりやから」

「あ、そうなんですか」

「まだ二週間ぐらいやと思います」

三十代半ばと思える、ほっそりとした奇麗《きれい》な女性に、小学校五年生ぐらいの女の子が一緒だった。表札には、安西芳子《よしこ》という名前が上がっている。しかししのぶは三度ほど、中年の男が出入りするのを目撃したことがあった。

「その男は永山和雄というて、安西芳子の内縁の夫です。で、じつはね、その永山が殺されたんです」

「えーっ」

しのぶは目を大きく開いた。

東成区で起きた事件について、新藤は説明してくれた。その現場だと、ここからはさほど遠くない。せいぜい約二キロというところだろうか。

「今まで名乗り出てけえへんかったところをみると、まだ永山が死んだことを知らんのかもしれませんな。けど内縁とはいえ、夫がおらんようになっても捜索願いを出さんというのもおかしい。それでまあこうして直接出向いてきたわけです」

「おまけにセンセのアパートでもあるし、やろ？」

郁夫がにやりとしていう。

新藤は隠さずにいった。

「まっ、それも否定できませんな」

その時隣室で物音がした。話声もする。安西親子が帰ってきたらしい。新藤の顔が途端に引きしまった。「ほな、ちょっと行ってきます」

新藤が出ていくと、しのぶは通路に面したキッチンの窓を細く開け、隣のようすを窺《うかが》った。ドアを開けた安西芳子に、新藤が神妙な顔で用件を伝えている。芳子の口から驚きの声が上がった。やはり事件のことは知らなかったらしい。

数分後、新藤は芳子を連れてアパートを出ていった。

3

新藤が芳子を連れだして一時間ほどした頃、ベランダに出るガラス戸の手前に立ち、鉄平がしのぶを手招きした。

「あの子、何してんのやろ」

鉄平はガラス戸越しに、隣のベランダを指さした。芳子の娘が、手すりに頬杖《ほおづえ》をつき、遠くに目を向けていた。驚いたのは、彼女の耳にウォークマンのイヤフォンが入っていることと、右足が音楽のリズムに合わせるように動いていることだ。

「身内が殺されたという感じと違うで」

鉄平も、しのぶと同じ印象を受けたらしい。

しのぶは掃除をするふりをしながらベランダに出た。女の子は横顔を向けたままだ。大きくて切れ長の目、形の良い頬、立派に美少女で通る。

「ねえ、何してるの」としのぶは声をかけた。

女の子はワンテンポ遅れてしのぶのほうを向き、イヤフォンを外した。「えっ?」

「何聞いてるの？」

「ああ」と女の子はかすかに口元を緩《ゆる》めた。

「尾崎豊」

暗い趣味やな、としのぶは思った。

「へえ。あの人、若死にしはったね」

「才能ある人ほど、早よ死ぬんや」

いってから女の子は肩をすくめた。「そうでもないかな」

「おかあさんは？」

「警察。知り合いが死んだから」

「ふうん……」

女の子の知り合いという言い方には、何の不自然さもなかった。

「ねえ、こっちへお茶飲みにけえへん？　ケーキが余ってるんやけど。ヨーグルトタルト」

するると女の子は、少し逡巡《しゅんじゅん》する気配を見せた。

「行ってもええけど……お客さんと違うの？」

「客？　ああ、あれはただの手伝い。気にせんといて。ほな、お茶入れて待ってるから」

部屋に戻ると、しのぶは鉄平と郁夫に散らかっているものの片付けを命じた。

「へえへえ、何でもやります。どうせ僕らは、ただの手伝いやから」

「しかも無料や。こんなことやったら、ケーキ全部食べたったらよかった」

またしても二人はぼやいた。

チャイムが鳴り、女の子がやってきた。しのぶは紅茶と、夜の楽しみにとっておいたケーキを出した。ケーキなんか久しぶり、と女の子は白い歯を見せた。

千鶴《ちづる》、というのが女の子の名前だった。しのぶも自己紹介し、ついでに鉄平と郁夫のことも説明した。二人が少々緊張して見えるのは、千鶴が予想以上に美少女だからだろう。

「ふうん、小学校の先生か。こんな若い先生もおるんやなあ。あたしは今まで、おじいちゃんとか、おばあちゃんの先生ばっかりやったけど」

「若いというても、それほどでもないねんで」

鉄平が余計なことをいう。しのぶはテーブルの下で、鉄平の太股をつねった。

「働いてる女の人って、カッコええよね。自立してるという感じやし」

「千鶴ちゃんは、何かなりたいものあるの？」

「うん。あたし、看護婦になりたい。病院のベッドで苦しんでる人とか見たら、何とかしてやりたいと思うもん」

「感心やなあ、頭下がるわ」

郁夫が本当に頭をペコリと下げた。

「ねえ、ところでちょっと訊きたいことがあるねんけど。気イ悪したらごめんね。さっき知り合いの人が亡くなったていうてたけど、それ、時々おたくに来てた男の人と違うの？」

しのぶは思いきって尋ねてみた。やはり千鶴は表情を固くした。

「なんや……知ってたんか」

「知ってたていうほどでは……二、三日前の新聞に似顔絵が載《の》ってて、似てると思たから。お父さん？」

「あんな奴、あたしとは何の関係もあれへん」

千鶴は厳しい口調でいうと、そのまま椅子から立った。「ごちそうさま。ケーキ、おいしかった」

「あ、紅茶のおかわりは……」

だが千鶴は返事せずに部屋を出ていった。その後で郁夫がいった。

「センセ、やっぱりカンが鈍《にぶ》ってるな。前やったら、もっと子供の扱いがうまかったで」

「そうやろか」

鉄平と共に頷かれ、しのぶは深くうなだれた。

この夜しのぶは新藤に呼びだされて、難波の喫茶店に出かけた。といってもデートではなく、捜査に協力してほしいといわれたのだ。その証拠に待ち合わせの場所には、漆崎刑事も一緒に現れた。

「この写真の女性、見たことないですか。隣の家に出入りしていたとか」

漆崎から見せられた写真には、痩せた老女が写っていた。しのぶの知らない顔だった。

「見たことありません」

「そうですか。やっぱりねえ」

漆崎はため息をついて写真をしまった。「じつはこの女性、松岡稲子というて、永山を殺した加害者なんです。で、問題になってるのは、何のために永山がこの松岡の家に行ったかということです」

「そら、お金を盗むためと違うんですか」

「そう断言できるのやったら苦労しません。ところがその裏づけがとられへんのです。松岡は前日に銀行で金を下ろしてますが、その場に永山がおったという証拠はありません。それにあの男には麻薬取締法違反の前歴があるけど、窃盗強盗の前歴はないし」

「二人に繋《つな》がりはあるんですか」

「今のところ、何もありません」

「奥さん……安西さんは何ていうてはるんですか」

「松岡稲子のことは、全然知らんというてます。永山が松岡のところへ侵入したことについても、心当たりはないと」

「そしたら、盗みが目的としか考えられへんのと違います？」

「そない簡単に決めるわけにはいきません。ことは殺人事件。しかも、正当防衛が成立するかどうかの微妙なところですよって」

「それで何とか繋がりを見つけだそうとしてるわけですか」

「いやもちろん、見つかれへんかったら、それはそれでええんです。我々も正当防衛で無罪になってくれた方が、手間もかからんし、何より後味がええ。けど、やることはやっとかんといかんのです」

「ふうん……」

しのぶはショートケーキを一口食べてから、「事件は何時頃起こったんですか」と訊いた。

「夜中の一時頃らしいです」と今まで黙っていた新藤が答えた。「侵入経路は玄関からです。引き戸のガラスが壊《こわ》されてました。その後永山は土足で二階まで上がり、タンスを物色中に松岡稲子に見つかったというわけです」

「それやったら、どう考えても泥棒と違いますか？」

しのぶは漆崎を見た。

「けどこれは、全部松岡稲子の証言ですがな。じつは計画的に永山をおびきよせて、殺してから工作したのかもしれません」

「わっ、なんちゅう疑い深さ」

「疑うのが商売ですがな」

いいながら漆崎は背広の内ポケットに手を入れ、また別の写真を出してきた。「ついでにもう一枚見て下さい」

こちらはカラーのポラロイド写真で、黄色と焦《こ》げ茶色のツートンのパンプスが写っていた。少し履《は》き古した感じだ。

「この靴、どう思います？」

「どうって？」

「どのくらいの年齢の人が履くものやと思いますか」

「難しい質問」

しのぶは写真を改めて引き寄せた。「学生が履いてもええし、ＯＬが履いてもおかしないし、その人の好み次第と思いますけど」

「六十歳の人が履いてたとしたら？」

「それはちょっとキツイなあ」

いってから、はっとしてしのぶは漆崎を見た。「これ、もしかして……」

「松岡稲子の靴箱から見つかったんです。六十二歳の女性には、派手すぎますな。それにサイズも、他の靴と若干違います。松岡のものではないというのが、私の考えです。問題は誰の靴かということですけど」

「誰の靴ですか」

「それをこれから調べようというわけですがな」

明らかにごまかした口調でいってから、漆崎は写真を内ポケットにしまった。

「たぶん漆《うるし》さんは、安西芳子のことを疑《うたご》うてます」

しのぶをアパートに送っていく途中、タクシーの中で新藤がいった。

「奥さんを？」

「とはいうても、内縁ですからな。しかも芳子の方は、永山と別れたがってました。前に住んでたところで聞き込みをしましたけど、家に金を入れるどころか、芳子の少ない稼ぎを巻きあげていく有様やったそうです。逆らえば暴れる。酔っても暴れる。しょうむない男です」

「千鶴ちゃんは永山の子ではないんでしょ」

「事故で死んだ、芳子の前の亭主の子です。それで芳子は飲み屋で働くようになったらしいけど、それがきっかけで永山と知り合ったみたいですな」

千鶴が永山の死を全く悲しんでいなかった理由が、これで解《げ》せた。

「漆崎さんは、安西さんには動機があると考えはったわけですね」

しのぶの質問に、新藤は辛そうに頷いた。

「あのパンプスも、芳子のものやと睨んでるんでしょう。芳子は永山を殺した後、松岡稲子の家から逃げ出す。稲子は警察に連絡して正当防衛を主張する。こうすれば、誰も罪には問われへん。そういうトリックを使《つこ》たと考えてるみたいです」

「でも、安西さんと松岡稲子さんに繋がりはないんでしょう」

「ありません。今のところはね。それからもう一つ疑問なのは、仮にパンプスが芳子のものとして、なんであの家に残っているかということです。帰る時に履くはずですから」

「ああ、そうやわ」

しのぶは漆崎の説には同調したくなかった。看護婦になりたいといった千鶴の目が蘇《よみがえ》る。あの子を殺人犯の娘にしたくはなかった。

タクシーがアパートの前に着いた。しのぶは礼をいって降りた。

「引っ越しはいつでした？」と新藤が車の中から訊いてきた。

「今度の木曜日です」

「何とか手伝いに来ます」

タクシーが動きだした後も、新藤は車内で手を振っていた。しのぶは車が見えなくなってからアパートを振り返った。安西親子の部屋の灯りは、もう消えていた。

4

事件から五日目、聞き込みを続けていた漆崎が、重大な情報を得てきた。事件翌日の早朝、安西芳子がどこからか帰ってきて、アパートの自室に入っていくのを、新聞配達員が目撃していたのだ。

早速、芳子を東成署に呼ぶことになった。

「ねえ、安西さん。こんなに朝早《はよ》うから、どこに行ってはったんですか。それとも、前の晩から出かけてはったんですか。差し支えなかったら、話してもらえませんか」

口調は柔らかいが容疑者に対するしゃべり方だと、横で記録しながら新藤は思った。

芳子は外出していたのが目撃されていたと知り、かなりショックを受けているようすだった。その顔色から、これはひょっとするとクロかいなと新藤は感じ、同時にしのぶの心配そうな顔を思い浮かべた。

「ねえ安西さん。どうですか」

漆崎が繰り返す。もう一回尋ねて答えがなかったら怒鳴るやろなと新藤が思った時、芳子が口を開いた。

「あの……天王寺《てんのうじ》にある友達の店にいました」

「友達の店？　どういう店です」

「スナックです。小さな、カウンターだけの……」

「店の名前は？」

「『ミキ』といいます。カタカナでミキ」

漆崎が新藤に目くばせした。新藤は席を立ち、刑事部屋で調べた。『ミキ』という店はあった。すぐに東成署の刑事と二人で出かけていった。

三十分後、新藤は『ミキ』にいた。なるほど小さな店だった。

「芳子さん、来ましたよ。十時頃。久しぶりやから話が盛り上がって、明け方まで飲みました。ええ、なんか、今夜は飲みたいねんとかいうから。一年ぶり……いやあ、もう二年ぶりぐらいやわ。その間、ずっと音沙汰なしやったけど、ほんま懐かしかったわ。お客さん？　ええ、常連さんが何人か残ってはりました。電話番号？　かなんわあ、お客さんに迷惑かけたら、もう来てもらわれへん。——そうですかあ。お願いしますよお。ところで、何かあったんですか」

メンタイコのような唇をしたママは、芳子のアリバイをこのように証言した。

新藤の報告を聞いた漆崎は、頭を掻《か》きむしった。

「そのママも嘘ついてる、いうことはないやろな」

「従業員と客二人に確認しました。間違いありません」

「ああ、さよか」

漆崎は唸《うな》った。「けど、どうも引っ掛かる。なんであの夜にかぎって、そんなとこへ行ったんや。こら、アリバイ作りとしか考えられへんで」

「そうはいうても、芳子がシロやということは間違いおません」

「そういうことになるのかなあ」

漆崎は椅子からずり下がり、天井を仰《あお》いだ。ちょうどその時、近くの電話が鳴った。漆崎が受話器をとる。次の瞬間、飛び上がった。「な、なんやてっ」

「どうしました」

漆崎は顔色を変えて二言三言交《か》わしてから受話器を置いた。

「えらいこっちゃ、松岡稲子が倒れよった。今、警察病院に担《かつ》ぎこまれてる」

「ええー」

新藤は大きくのけぞった。

5

引っ越し当日は上天気に恵まれた。朝早く引っ越し屋がやってきて、しのぶが二年間使用した家具や、段ボールの山を、手際よくトラックに積みこんでいく。それを見ながらしのぶは、手伝いに来てくれた新藤と、窓枠に並んで腰かけた。

「ガン？」

松岡稲子の病名を聞き、しのぶは眉をひそめた。新藤も浮かない顔で頷く。

「もともとは胃ガンやったそうですけど、それがいろいろなところに転移して、もう末期的症状やそうです。今すぐに死んでもおかしないという状態で」

「わあ……」

「ちょっと前までは入院してたみたいですな。けど、どうせ手遅れやし、本人の強い希望もあって自宅で療養してたということです」

「たった一人で死ぬのを待つようなものですやん」

「そういうことです。身寄りがないというのは、辛いことですなあ」

「漆崎さんは何か？」

「あのおっちゃんは焦《あせ》ってます。死なれる前に真相を、というわけですやろ。ああいう刑事には、俺はなれんなあ」

しみじみと新藤はいった。

荷物がすべてトラックに運びこまれ、引っ越し屋は実家に向かって出発した。向こうでは母が荷物を受け取ってくれるはずだ。しのぶはもう少し掃除してから、ここを出ていくつもりである。

「そしたら、僕はこれで。実家のほうで落ち着いたら、また連絡下さい」

「ありがとうございました」と、しのぶは丁寧に頭を下げた。

一人きりになってベランダを掃除していると、「もう行くの」と声をかけられた。顔を上げると、千鶴が隣のベランダにいた。

「うん、いよいよ」

「ふうん」と千鶴は顎《あご》を少し前に出し、「お茶、飲ませたげよか」といった。

「ええの？」と、しのぶは訊いた。

「別にかまへんよ。お茶ぐらい」

「そしたら、御馳走《ごちそう》になろ」

安西親子の部屋は、家具も少なく、がらんとしていた。壁にはポスターどころかカレンダーも貼っていない。数少ない段ボールの中にも、まだ開封されていないものがあった。

脚が折り畳み式になった小さな卓袱台《ちゃぶだい》で向きあい、しのぶと千鶴は日本茶を飲んだ。

「今度はどこに住むの？」と千鶴が訊いてきた。

「平野区の実家」

「ふうん。家族は？」

「両親と妹」

「へえ……たくさんおるからええな」

「そうかな。うん、そうやね」

しのぶは周囲を見渡した。カラーボックスの横に、スケッチブックが立ててある。

「これ、見せてもろてもええ？」

「下手やから、ちょっと嫌やけど、まあええわ」

そこには、主に風景画が描かれていた。写生したものばかりでなく、想像の景色なども含まれているようだ。やがて一枚の絵のところで、しのぶは頁《ページ》をめくる手を止めた。白い建物の前に、女性が一人立っている。

「これは……どこ？」

しのぶが訊くと、千鶴の顔に微妙な変化が生まれた。

「どこか忘れたわ。学校と違うかな」

「前に立ってるのは誰？」

「誰か知らん。知らん人や。もうええやん、こんな絵」

千鶴はスケッチブックを閉じると、強引に奪って自分の後ろに置いた。

安西親子の部屋を出た後、しのぶは自室に戻らず、近くの電話ボックスに走った。そして大阪府警本部にかけた。

「ああ、もしもし新藤さん？　竹内です。調べてほしいことがあるんです。松岡稲子さんが、前に入院してた病院のことです」

6

安西芳子への質問は、その夜梅田の喫茶店で行われた。芳子と向かいあって、しのぶと新藤が座り、通路を一つ挟んで漆崎がいる。

「千鶴ちゃんの写真が手に入ってないので、最終確認はしてませんけど、看護婦さんとかの証言で、大体たしかめられたと思てます」

新藤が、穏やかに切りだした。「かつて松岡容疑者が入院中、千鶴ちゃんはしょっちゅう見舞いに行ってた——そうですね？」

芳子はしばらく凍りついたように動かなかったが、もはや隠しきれないと思ったか、まさに氷が解けるように全身から力を抜いた。

「ええ、そうです」

「二人の関係は？」

新藤が訊くと、芳子はふっと唇を緩めた。

「関係なんか、ありません。病院の敷地内で遊んでて、たまたま知りあったみたいです。あたしが親らしいこと何にもしてあげられへんから、なついたんやと思います。松岡さんも、そらようかわいがってくれはりました。自分の娘か孫みたいに……」

ここで言葉を切り、彼女は目をハンカチで押さえてからいった。

「永山を殺すといいだしたのは、あたしのほうでした」

「えっ」

しのぶは新藤と共に声を出した。

「永山の非道ぶりには、もう我慢ができませんでした。うじ虫みたいにあたしらにたかって、逆らうと気い失うほど殴《なぐ》ってきました。おまけにあの男はいうんです。千鶴にシャブ射ったろか、それが嫌やったら逆らうな……て」

「うじ虫以下や……」

しのぶは呟いていた。

「それであたし、松岡さんのところへ行って頼みました。あたしは永山を殺して自分も死ぬから、千鶴を養女にしてもらえませんかって。そしたら松岡さん、それはあかん、そんなことしたら千鶴ちゃんのためにようないていわはって……」

「それでどうすることにしたんです」と漆崎が訊いた。

「自分に考えがあるて、松岡さんはいいはりました。あんたは何もせんでええ、自分が全部丸くおさめるから。ただ三つ条件がある。永山がよう知ってるあんたの靴を一足貸してほしい。それから、一晩だけ家を空けてほしい。ただし誰か信用できる人と一緒におること。で、最後に、金輪際《こんりんざい》自分とは会わないこと。誰かに訊かれても、知らんで通すこと、ということでした」

この時すでに正当防衛を利用するつもりだったのだなと、しのぶは思った。

「松岡さんが何をしはるつもりなのか、あたしにはさっぱりわかりませんでしたけど、とにかくいわれた通りにしました。次の日の朝帰ってみたら、千鶴が、『ゆうべあの男に電話がかかってきたんやけど、あいつ、二、三言しゃべってから、えらい剣幕で出ていったで。よそに男作りやがって承知せえへんとか喚《わめ》いてたわ』ていうんです。一体どういうことかいなと思てたんですけど、それ以来永山は帰ってけえへんし、嬉しい反面、ちょっと怖《こわ》い気にもなってたんですけど……」

松岡稲子は永山に、「おまえの女房が浮気している」という電話をかけたのだろう、というのが漆崎の推理だった。そしてその場所として稲子の家の住所をいう。永山は怒ってとんでいく。玄関を開けると、やはり芳子の靴が置いてある。逆上し、階段を上がっていくが、二階ではゲートボールのスティックを構えた稲子が待っていたというわけだ。

今の芳子の話から、この推理がほぼ正解であることが証明された。

「事件のことを聞いた時には、びっくりしたでしょう」と新藤がいった。

「それはもう」と芳子は全身で頷いた。「けど事件の状況を伺ってるうちに、松岡さんの狙いがわかりました。ああそうか、そういう手があったのかと感心しました。あたしは申し訳ない気持ちでいっぱいでしたけど、せっかくの苦労を水の泡にしたらあかんと思て、松岡さんにいわれた通り、あの人のことは知らんといったんです」

芳子の目から涙がぼたぼたとこぼれだした。店中の目が集まっている。

「刑事さん、あたしが悪いんです。あたしが先に永山を殺すていうたから……。あたしを罰してください。その代わりに、松岡さんは……」

喉を詰まらせた。

「ひとつ訊きたいことがあるんですけど」としのぶはいった。「千鶴ちゃんにも、松岡さんのことは知らんことにしろ、といわはったのですか」

するとは芳子は涙顔のままかぶりを振った。

「じつはまだそれはいうてへんのです。どない説明してええかわかりませんので。せやから刑事さんがあの子に尋ねはったら、松岡さんとの関係もすぐにわかってしまうところでした」

「いいえ、それはなかったと思います」

しのぶは断言した。「たぶん千鶴ちゃん、事情を薄々知ってます。松岡さんの名前はマスコミには出てないけど、住所とかで何となくわかったんやないですか。その証拠に千鶴ちゃん、自分が描いた絵の中の松岡さんのことを、知らん人やといいました」

「え……あの子が」

芳子はしばし呆然《ぼうぜん》とし、焦点のさだまらぬ目を宙に漂《ただよ》わせた。

「安西さん、お願いがあります。千鶴ちゃんを、松岡さんのお見舞いに行かせたげて下さい。もしこのまま松岡さんが亡くなったら、千鶴ちゃん、一生心に傷を持つことになります。お願いします」

しのぶに頭を下げられ、芳子は当惑した。

「あっ、そんな……けど千鶴は……」

「行きましょう」といって新藤が立ち上がった。「僕が送ります」

「あ、はい……はい、わかりました。千鶴にいうてみます」

芳子は新藤に促《うなが》され、喫茶店を出ていった。後に残ったしのぶは、ふうーっと息を吐いて背もたれに身を任《まか》せた。

「漆崎さん」

「何でっか」と間伸びした声で漆崎は答えた。

「どうもすみません。出しゃばったことして」

「何を今さら」

冷めたコーヒーを彼は飲みほした。「松岡稲子は殺人罪、安西芳子は殺人教唆《きょうさ》いうとこですか。けど、もう何か面倒臭なった。松岡が黙ったまま死んだら、それで終わりや」

「漆崎さん……」

「さてと、帰って子供の顔でも見よ」

漆崎は重たそうに足を引きずって出ていった。しのぶもレシートを持ってレジに向かいかけたが、その前に公衆電話が目に止まった。無性《むしょう》に母の声が聞きたくなった。

「もしもし、おかあちゃん？」

電話すると、耳が痛くなるほどの声が受話器から飛び出してきた。

「しのぶっ、あんたどこで何やってるの？　引っ越しの荷物は届いてるのに、荷物の持ち主の姿がないとはどういうこっちゃ。だいたいあんたは――」

しのぶセンセの復活

1

いややなあ。いややなあ。早よ帰りたいのに。早よ帰らないと、塾に遅れてしまう。そんなことになったら、またおかあさんに叱《しか》られる。そやけど、これ跳べるようになれへんかったら、帰らしてもらわれへん。いややなあ。いややなあ。山下《やました》センセのアホ。こんなんいやや。こんなもん、跳べるわけあれへん――。

どうせだめだろうと思いながら、渋谷淳一《しぶやじゅんいち》は跳び箱に向かって走りだした。しかし踏み切り板の前で、がくんとスピードを落としてしまう。だから跳べないのだと皆からいわれるが、跳び箱が目の前に来ると怖くなるのだ。

弱々しく板を踏み切ると、身体はほんの少し浮いた。もちろん箱を跳び越すような勢いはない。どすんと箱に尻をついた。

「あーあ」

自分でいいながら跳び箱から降りる。誰も見てなかっただろうなと周囲を見回した。ここは校舎と校舎に挟まれた場所で、校庭からはほとんど見えない。ほっとしたのもつかの間、すぐそばの裏門の向こうに、女の人が立っていた。淳一が見ると、その女の人は足早に歩いていった。

たとえ知らない人でも、今の自分の無様《ぶざま》な恰好を見られたと思うと悔しかった。淳一は跳び箱を睨《にら》みつけた。憎しみが湧《わ》いてくる。もちろんそれは、居残りを命じた先生に向けられたものだった。

淳一はトイレに行った。練習を始めてから三度目だった。さほど行きたいわけではない。小便などほとんど出ないのだ。跳び箱から逃げたいという意識が、そういう行動に現れているにすぎなかった。

トイレから戻る途中、職員室のほうを窺《うかが》った。山下センセはまだ来なかった。早よ来たらええのに、と淳一は思った。

「どうや渋谷、跳べるようになったか?　いっぺん跳んでみぃ」

そういわれて、とりあえずトライしてみる。そしてどうせ跳べない。山下センセは困った顔で、ああしろこうしろとコーチする。そうこうするうちに日が暮れて、

「しゃあないな、また明日や」

と、センセはいうのだ。そんなふうにして、四日が過ぎていた。最初は跳べなかった仲間も、昨日までに跳べるようになって、最後まで残っているのは淳一ただ一人だった。

早よ来たらええのに、どっちみち跳ばれへんのやから――恨《うら》めしい思いで職員室を見ていたが、その戸が開く気配はまだなかった。

淳一は跳び箱のところに戻った。その台形の箱がにくたらしかった。ちょっと前までは鉄棒が憎かった。その前はマットだ。山下センセは器械体操が好きなのだ。

全然気が乗らなかったが、助走に入った。踏み切りの前にスピードを落とさないようにしようと、それだけを考えていた。

踏み切る。そして跳び箱に両手をつく。

その両手が動いた。いや、跳び箱そのものが動いたのだ。次の瞬間、身体が斜めになっていた。

声を出す暇もなかった。地面が逆さまになり、身体が崩《くず》れた跳び箱に叩《たた》きつけられた。

淳一は泣きだした。

2

新藤がコップの水を飲みほすのを見て、ああやっぱり何かしょうむないことをいいだす気やなと、しのぶは見抜いた。電話の声が、いつになく上ずっていたし、スーツの着こなしも普段に較《くら》べれば、びしっと決まっている。それで薄々は感付いていたのだが、向き合ってみて確信した。

「先生……いや、しのぶさん」

新藤は空のコップを乱暴にテーブルに置いた。

「はい」と、しのぶは答えた。

「今日こそ、返事を聞かしてもらいます」

「返事て、何のですか？」

「そら、決まってますがな」

新藤は、きょろきょろと周囲を見回した。土曜の午後だけあって、大阪市内の喫茶店は混み合っている。すぐ横のテーブルでは、デパートで買い物をしてきたらしい中年の女性二人が、バーゲン品の見せっこをしながら大声でしゃべっている。テーブルのアイスクリーム皿は、しのぶたちが入ってきた時にはすでに空だった。

新藤はぐいと身を乗り出してきた。そして小声でいう。

「結婚のことです」

「結婚？」

「そうです」ここでまた彼はあたりに視線を配り、「いったい先生は、どう考えてはるんですか。なんぼ気の長い僕でも、限度っちゅうもんがおますで」と続けた。

しのぶは、ははははと笑った。

「何がおかしいんです」新藤は、むっとした。

「そやかて、あたし、新藤さんに待ってくださいていうた覚えありませんもん」

「あっ、そんな言い方しますか。それはないわ」いったん横を向き、またしのぶの顔を見た。「二年前のことを忘れたんですか。僕がプロポーズした時、先生、何ていわはりました？　もっと立派な教師になるために内地留学する、せやからそれまで待ってほしいと、こないいわはったやないですか」

「えーっ」しのぶは目を丸くした。「そんなことというてません。内地留学するから、プロポーズの返事はノーやていうたはずです」

「同じことやないですか。内地留学するからノー、ということは、それが終わったら改めて考え直すという意味になるんと違いますか」

「そうかなあ」しのぶは首を傾《かし》げた。

「そうなんです」新藤はテーブルを叩いた。「先生はこの春に大学を出て、今週から教壇に戻ってはるわけでしょう。となると自動的に、二年前の僕のプロポーズが生き返ってくるんです。その返事を、いったいいつもらえるんですかと、お訊きしてるわけです」

「そんなこと急にいわれてもー」しのぶは顔をしかめる。

「わかりました。そしたらこないしましょ。この場で改めて結婚を申し込みます。先生、僕と結婚してください。さあ、返事をどうぞ」

「そんな、ムチャクチャやわ。まるでヤケクソみたい」

「僕は真剣です。真剣に申し込んでるんです」新藤は背中をぴんと伸ばした。

「そしたらあたしも真剣に答えさせてもらいます」しのぶも真顔に戻った。「もうちょっと考えさせてください。もうちょっとてどのぐらいやて訊かれたら困りますけど、とにかく時間が欲しいんです」

新藤はげんなりした顔で頭を掻《か》いた。

「これ以上何を考えるんですか。あっ、まさか、本間のボケと天秤にかけてはるんやないでしょうね」

　しのぶは吹き出した。

「本間さんと結婚する気はありません。あの人は、ええ友達です。それにあの人には、もっとふさわしい人がいると思います」

「そしたら何を考えるんです」

「いろいろです」そういって、しのぶはにっこりした。「新藤さんのことが嫌いやったら、この場ですぐに断ります。そうやないから迷うんです。考える必要があるんです」

「なんや蛇《へび》の生殺しみたいやけど、つまり脈はあるということですな」

「真面目な話、ここは考えどころやと思てます」しのぶはきっぱりといった。「新藤さんはええ人やし、うちの両親なんかも気に入ってるみたいです」

「えっ、そうですか」新藤は嬉しそうな目をした。

「刑事という仕事は危険やけど、あの人は自分からは、そう危険なところには行かんやろうし、何より親方日の丸は不況に強い。万年ヒラでも、定年まで勤めたら、そこそこの恩給はつくはずやていうのが母の説です」

「褒《ほ》められてるのか、けなされてるのか、わかりませんな」

「あたしも新藤さんとやったら、ずっと笑いながら生きていけるような気もするんです」

「それやったら……」

「けど」と、しのぶはいった。「正直なところ、まだ結婚のことを考えるほどの余裕がないんです。何しろつい最近教師に戻ったばっかりやし、目の前の仕事をこなすことで頭がいっぱいという状態なんです」

「それはわかりますけど」新藤は情けなさそうに眉の端を下げた。

「たとえば今あたしが新藤さんと結婚したとするでしょ。そしたらたぶんあたし、家のことは何もでけへんと思います。新藤さんの晩ご飯も作られへんし、汚れたシャツを洗たげることもできません。奥さんとしてのことが何もでけへんのです。そんなんでは、うまいことといくはずがありません。お互いが不幸になるだけです」

「その点は僕が何とかします。晩ご飯ぐらい作りますがな」新藤は胸を叩いた。

しのぶは苦笑した。

「いつ事件が起きるかもわかれへんのに、よういうわ。そんな無理は絶対に長続きしません。共働きの場合は、相当考えておく必要があるんです」

新藤はふうーっと息を吐いた。

「つまり時間が欲しいということですか。仕方おませんな」

「わかってもらえて嬉しいです」しのぶはぺこりと頭を下げた。

「なんや、またごまかされたみたいやけど」新藤は額《ひたい》をぽりぽりと掻いた。「そんなに大変なんですか、仕事のほう」

「大変というより、久しぶりに教壇に立つからカンが狂ってて」

「子供の扱いにかけては筋金入りの先生にしては、気弱なお言葉ですな」

「あたしなんか、まだまだです」しのぶは首を振った。同時に、今週初めて出会った新しい生徒たちの顔が脳裏に蘇《よみがえ》ってきた。

　できはええけど、タチは悪い――四年二組を受け持って一週間が経ってからの、しのぶの印象だ。

　チャイムが鳴ると、しのぶが怒鳴らなくても全員が席についている。これはまあ、できがいいことの一例。ほかに、掃除をきちんとする、という点も気に入った。前にいた大路小学校とは比べものにならない。あの学校では、掃除当番によっては、掃除をした後のほうが汚いということさえあったのだ。

　さすがは教育にうるさいといわれる文福《ぶんぷく》小学校だけのことはあると、しのぶは感心していた。

さてタチの悪い点というのは——。

たとえば国語の時間。

「このページを誰かに読んでもらおか。ええと、上原《うえはら》さん」

ところがこの上原美奈子《みなこ》が、素直に読まない。

「えー、今日は九日やから、出席番号に九がつく人と違うんですかあ」

などと、ほざくのだ。

「なんでやのん？」

「なんでて、山下センセはそうやったもん。ねええ、みんな」

そうやそうや、と外野もうるさい。

問題はここである。しのぶが何かするたびに、山下センセはああだった、こうだったと文句をいうのだ。いうまでもなく山下センセというのは、彼等が三年生の時の担任教師だ。文福小学校では、入学時と三年生、五年生への進級時にクラス替えがある。そして通常は、クラス替えのない二年間は同じ教師が担任をすることになっている。だから赴任してきた竹内しのぶが、四年生のクラスを受け持つというのは、異例のことなのだ。

「山下センセは、あんたらが三年の時の担任」

と、しのぶは声を大にしていう。「四年からの担任は私、竹内先生。せやから、これからは私のやり方に従ってもらいます。わかったね？」

はあーい、と子供たちは返事する。だが納得したように見えるのもいっときのことで、また何かの拍子に、「山下センセは——」という声が出るのだった。

やれやれ、これは手間かかるで、と、しのぶはげんなりする。

それにしても山下先生というのは人気があったんやなと、軽い嫉妬《しっと》を覚えつつ、感心する。山下センセ、という時の子供たちの表情でわかるのだ。

それだけ人気のある先生が、なんで急に転勤になったのか、それが少し不思議でもあった。

「先生、やっぱりここは子供を作るべきと違いますか」

話しかけられ、しのぶは我に返った。

「子供？」意味がわからず、しのぶは新藤の顔を見返した。

新藤はにたにた笑っている。

「自分の子供を作るんです。やっぱり子育てを経験せんことには、ほんまに子供の心を理解することはできませんで」

「せやから結婚をオーケーしろて？　あほらし、そんな話聞いたことないわ」

「やっぱりあきませんか」

新藤が伝票を手にするのをきっかけに、しのぶも立ち上がった。これから二人で映画を観る予定をしていた。

3

山下教諭が突然転勤していった理由を知ったのは、新藤とデートをした翌週の火曜日だ。この日の体育で、しのぶは跳び箱をさせようとした。すると生意気代表の上原美奈子が手を上げていった。

「跳び箱は、やったらあかんていわれました」

「何であかんの？　それも山下センセからいわれたんか」

「違います。学校で禁止されたんです」

「えー、そんなあほな」

「ほんまやもん。ねーえ」

例によって美奈子は、仲間たちに同意を求めた。

子供たちを残して、しのぶは職員室に行った。年齢のわりに髪のふさふさした教頭が、お茶を飲みながら新聞を読んでいた。

「ああ、そのことね」

しのぶの質問に、教頭はのんびり答えた。

「それ、いうとくの忘れてた。たしかに、当分跳び箱は禁止いうことになってる」

「何でですか？　跳び箱のない体育授業なんか、聞いたことない」

「そらまあそうやけど、事故があったからしょうがない」

「事故？」

「うん。去年の話やけどな」

教頭の話によると、事故があったのは昨年の暮れだ。その頃しのぶの前任者である山下教諭は、クラス全員が跳び箱を跳べるよう、毎日特訓をしていた。跳べない子供は居残りさせて、校庭の隅で練習させたのだ。おかげで殆《ほとん》どの子供が跳べるようになったが、渋谷淳一だけは、太りすぎからか全く跳べなかった。それで放課後一人で練習している時、跳び箱が崩れて足を痛めたのだ。

「渋谷？　ああ……」

あの鈍《どん》くさい子、といいかけて、しのぶは言葉を飲んだ。

「怪我は大したことなかったと思うんやけど、相手が悪かった。渋谷の母親はＰＴＡ

の役員で、口うるさいことでは右に出る者がおれへん。あんな教師、すぐにクビにせえいうて、怒鳴りこんできたがな」

「もしかして、それで転勤に？」

「そうや」と教頭は頷《うなず》いた。「悪いことに、渋谷の伯父《おじ》いうのが市会議員や。断るわけにいけへんかった。まあ何とか、三月いっぱいまでは我慢してもろたけどな」

あまり後味の良い事件ではない。その転勤のおかげで自分の赴任《ふにん》が決まったのだと思うと、しのぶは複雑な気持ちになった。

「ついてなかったこともあるけど、山下先生も不注意やった。子供一人だけで跳び箱なんかさせたらあかんわ」

「けど、跳び箱がそんなに簡単に崩れますか？」

「それはたしかに不思議や。しかし物事には、はずみっちゅうもんがあるからなあ」

教頭は深いため息をついてから、「禁止いうても、ちょっとの間だけや。ほとぼりがさめたら、また始められるやろ」と、楽観的な口調でいった。

結局この日の体育の時間は、マット運動でお茶を濁すことにした。問題の渋谷淳一は、なるほど鈍《にぶ》かった。単なる前転すら、満足にできないのだ。これでは跳び箱は無理やろなと、しのぶは思った。

それに比べて目を見張るほどうまいのが芹沢勤《せりざわつとむ》だ。長い手足をいっぱいに伸ばして側転する恰好を見ると、つい拍手したくなる。

「うまいねえ。誰かに教えてもろたん？」

しのぶは声をかけた。だが芹沢勤はじろりと彼女を見ただけで、何も答えず、ふんとばかりに横を向いた。しのぶのことを、あまり好ましくは思っていないようだ。

授業終了後、しのぶはマットを片付けるついでに、跳び箱をチェックした。新しくて、がっちりしたものだった。確実に重ねさえすれば、子供がどんなふうに力をくわえても、崩れるような代物《しろもの》ではない。

けったいな話やなあと、しのぶは思った。

この日の放課後、ちょっとした事件が起きた。いや、事件というほど大層なことではないのかもしれない。だが気になる出来事だった。

掃除当番の仕事ぶりをチェックしようと、しのぶが教室に行った時である。窓ガラス越しに中の様子を窺うと、芹沢勤が渋谷淳一の尻を箒《ほうき》で叩いているのが見えた。といっても喧嘩ではない。渋谷淳一は抵抗せずに黙々と床を掃《は》いており、芹沢勤のほうも、何かいうわけでもなく、これまた黙々と淳一の尻を叩いているのだ。その箒が、淳一の頭に飛ぶこともあった。それでも淳一は文句をいわない。ただ泣きそうな顔をしているだけだ。ほかの生徒は、そんなこと日常茶飯事という感じで、気に留めている様子はない。

しのぶは教室の戸を開けた。芹沢勤は、すすっと渋谷淳一のそばから離れた。淳一は、ちらりとこちらを見ただけで、床掃きを続けている。

様子がおかしいと思ったが、この場では何もいわずにおいた。

翌日の休憩時間、しのぶは上原美奈子を手招きした。美奈子は生意気で、おまけにませているが、しのぶに最初に近づいてきた子供だった。しのぶのことをあれこれ訊《き》くのも、関心を持ってくれている証拠である。ただ、その質問というのが、

「センセ、恋人はおれへんの？」だとか、

「ナンパされたことある？」とか、

「バスト何センチ？」とか、

「ボディコンの服、持ってる？」とかだから、始末が悪い。まあしかし、頭の良い女の子ではある。情報通《つう》で、いろいろなことを教えてくれたりもする。一組の中畑先生がジャイアンツファンで、三組の掛布先生がタイガースファンで、二人が廊下をすれちがう時には、バチバチバチと火花が飛ぶということを教えてくれたのも、美奈子である。

その情報量をあてにして、しのぶは芹沢勤と渋谷淳一のことを尋《たず》ねてみた。

「ああ、あれ」

美奈子の顔が曇《くも》った。やはり事情を知っているらしい。「あれはドン渋が悪いねんで」

「ドンシブ？」

「渋谷のこと。鈍くさい渋谷やからドン渋。シブチンいうのもあるで。家は金持ちのくせして、ケチやねん」

何ちゅう渾名《あだな》やと、しのぶは渋谷淳一に同情した。

「なんで渋谷君が悪いの？」

「そらあいつ、山下センセを辞めさしたもん。自分が鈍くさいから怪我したくせに、センセのせいにして。あたしらみんな、嫌《き》ろてんねん」

なるほどそういうことかと、しのぶは得心がいった。

「で、中でも一番恨んでるのが芹沢君やねん。芹沢君、ものすごく山下センセのことを尊敬してたから」

「ふうん」

尊敬などという言葉が飛び出して、しのぶは面食らった。

「けど、いじめるのはあかんで」

「まあね」と美奈子はいった。「あたしらはドン渋のこと無視する程度やけど、芹沢君だけは、ずうっといじめ続けてるもんねえ」

「あんたらが注意したらどうやのん」

「あたしが？　そんなことしたら、ドン渋のこと好きとちゃうかいうて冷やかされるわ。そんなことになるぐらいやったら死んだほうがマシや。芹沢君と噂になるのやったらかめへんけど」

「芹沢君はカッコええもんな」

「そうそう。あっ、あかんで。あたしが先に目えつけてんから。手え出さんといてや」

一体何を考えているのかといいたくなるような、小学四年生である。

それはともかく、しのぶが気をつけて観察していると、芹沢勤の渋谷淳一に対する仕打ちは目に余るものがあった。授業中、後ろから淳一の頭目がけて紙屑《かみくず》を投げるのを目撃して、二度ほど注意した。また休憩時間中に、「ぼくをどついてください」と書いた紙を背中に貼った淳一が、後ろから来た子供たちにポカポカ殴られているのを見つけたこともある。無論、紙を貼ったのは芹沢勤であろう。

これは何とかせなあかんなと、しのぶは思った。しかし当人たちと直接話をすることがいいことなのかどうか、よくわからなかった。

4

四月の終わり頃、保護者との面談を行うことにした。これは前々から考えていたことだった。四年生から先生が変わるということで、保護者も不安に違いないからだ。出席率はよかった。やはり保護者側も気になっていたらしい。ただ何人かと話しているうちに、彼等が一番に気にしていることは、「うちの子供を女の先生なんかに任せて大丈夫か」ということだと判明した。遠回しに不安を口にする人もいれば、ストレートに「心配だ」という親もいた。しのぶは次第にむかついてくる。

――ふん、女教師のどこが悪いねん。女でも、男より厳しいで。あんたらのヘナチョコな子供なんか、身体がもてへんかもしれんからな。覚悟しとけよ。

心の中では怒りが渦巻いている。が、もちろん口には出さない。にこにこと愛想よく、そして辛抱強く教育方針を説明していった。

ちょうど十番目が、渋谷淳一の母親だった。その容貌を見て、うひゃあ、となった。

藤子不二雄のマンガに出てきそうな、教育ママの典型だったのだ。

「うちの子は物事を深く考えるのが好きみたいでして、算数だとか理科だとかが得意なんです。でもこれは、どちらかといえばというだけのことで、国語だとか社会なんかも、よく勉強してます。あの子は何ですか、知能指数のテストでも、とても良い数字が出てたそうで、二年生の時の担任の先生に褒められたんですよ」

おホホのホという感じで笑い、三角形の眼鏡をちょいと上げる。はあはあそうですかと、しのぶとしては恐れ入るしかない。

「わたくし、今度の先生が女の方だと聞いて、ほっとしていたんです。前の先生はとにかく乱暴で、竹内先生もお聞きだと思いますけど、うちの子なんか怪我をさせられたんですよ。うちの淳一は、本を読んだり、絵を描いたりという、上品で文化的なことに興味を持っていますんで、竹内先生みたいに奇麗で女らしい先生ですと、本当に安心ですわあ」

「いーえ、それほどでも。ホホホホホ」

しのぶは机の下で盛大に開いていた足を閉じた。

「ええと、それでですね。渋谷君は学校のことを、家でよく話しますか？」

しのぶは本題に入った。

渋谷淳一の母親は、大きく頷いた。

「ええ。よく話してくれます。学校でどんな行事があったかとか、どんなことを教わったかとか」

「友達のことは？」

「それも聞きます。山本君が宿題を忘れてきて叱られた話だとか」

「そうですか」

皆から無視されているので、友達と遊んだ話などはできないのだろう。そして芹沢勤にいじめられていることも隠している。これは珍しいことではない。親に話したことがバレて、さらにいじめがエスカレートするのを恐れているのだ。

あとは適当に話を切り上げた。子供のことを何も知らない渋谷淳一の母親は、意気揚々と帰っていった。おばさんぽい香水の匂いが、しばらくあたりを漂っていた。

その何人か後に、芹沢勤の母親が現れた。こちらは渋谷淳一の母親とは対照的に、若々しくて垢抜《あかぬ》けしている。一見したところでは、しのぶとさほど年が違わないのではないかと思うほどだ。

世間話ふうに、彼女のことを尋ねてみたところ、生命保険会社の外回りをしているということだった。今日も会社からの帰りだそうで、パンフレットを入れた会社の黄色いバッグを脇に抱えていた。旦那はデザイナーで、家で仕事をしているらしい。独立したのは最近で、その関係で家族揃《そろ》って現在の家に引っ越したので、芹沢勤も二年生の終わりに転校してきたということだった。

そういった当たり障《さわ》りのないことを少し話してから、徐々に核心に入っていくことにした。

「芹沢君は、三年生の時の山下先生のことを、とても慕《した》ってたみたいですね」

「ええ、まあ、そうみたいです」

彼女の口調は、あまり歯切れがよくなかった。

「それで山下先生が転勤されたことで、ずいぶんショックを受けているんやないかと思うんですけど、家ではそういう様子はありませんか」

「さあ、あまり気にしたことは……。私はあまり家にはいませんので、今度夫に訊いてみます」

やはり家で仕事をしているだけに、父親のほうが息子とのコミュニケーションがあるということらしい。

「あの」と彼女はいった。「そのことで、あの子が学校で何か問題を起こしているんでしょうか？」

どうしようかなと、しのぶは一瞬迷った。だが結局、この機会にいじめのことを打ち明けておくことにした。芹沢勤の母親は、形の良い眉を寄せた。

「あの子がそんなことを……。わかりました。今夜にでも、叱《しか》っておきます」

「いえ、それは困ります」

しのぶはあわてていった。「教師と親が結託したと知ったら、子供は心を開いてくれません。今の状況だけ理解していただいて、もうしばらく見守ってあげてください」

「でも、このままだと渋谷君がかわいそうやと思うんですけど」

「それは私が何とかします。責任を持って、解決します。だからそれまで待って下さい」

「わかりました。そこまでおっしゃるなら、先生にお任せします」

「それにしても」と、しのぶはいった。「山下先生って、人気があったんですね。悪くいう子供が一人もおりません」

「そうですか」

芹沢勤の母親は首を傾げてから、薄く笑った。「若い男の先生やから、単純に憧《あこが》れるんと違いますか」

「そうかもしれませんね」

しのぶも同意した。

芹沢勤の母親の次は上原美奈子の母親だった。彼女は椅子に座るなり、声をひそめていった。

「前の人、芹沢君のお母さんやそうですね。珍しいわあ、いつもはお父さんが来るのに」

「そうなんですか」

「ええ。デザイナーしてはるんでしょ？　服のセンスはええし、おなかは出てへんし、ものすごカッコええんです」

目を輝かせていう。母親がこれでは、娘はああなるはずやと、しのぶは了解した。

5

保護者面談の四日後、しのぶは山下教諭と会った。といってもわざわざ会いに行ったわけではなく、教育指導の研究会の関係で、山下が赴任した小学校に行く用事があったのだった。学校内で挨拶《あいさつ》し、放課後、近くの喫茶店で待ち合わせをした。

山下は、さほど上背はないが、肩幅が広くて逞《たくま》しい感じの男性だった。髪はスポーツ刈りで、現役の選手といった雰囲気がある。しのぶがそのことをいうと、

「いやあ、現役の頃に比べると、だいぶん筋肉が落ちました」

といって白い歯を見せた。

「何のスポーツをしてはったんですか」

「体操です。中学、高校、大学とやってました」

背広の上からでもわかる筋肉の盛り上がりに、しのぶはなるほどと思った。

「こう見えても、新聞に載《の》ったこともあるんです。インターハイで三位に入った時にね。大阪の地方欄ですけど」

「へえ、それはすごいですね」

「過去の栄光です」

ははは、と山下は笑った。

「その経験があるから、子供にも器械体操を熱心に教えはったんですね」

しのぶがいうと、さすがに山下の目元に陰りが生じた。

「跳び箱の事故のこと、御存じなんですね」

「いえ、あの、当て付けでいうたわけやないんです。気を悪くせんといて下さい」

しのぶはあわてて手を振った。

「気を悪うしたりはしませんよ。あれは、僕の完全なミスです。子供に器械体操をさせる時には、そばについてるのが当然なんですけど、長年やってるうちに油断するようになってました。反省してます」

山下は渋い顔でうなだれた。

「でもおかげで二組の生徒は、大抵体操は得意みたいですね」

しのぶの言葉に、彼の顔がぱっと輝いた。

「そうでしょう？　連中もね、三年に上がった時には、大半が逆上《さかあ》がりもでけへんかったんです。それを地道に鍛《きた》えていって、何とかあそこまでにしました。それにね、今まで無理やと思てたことができるというのは、子供にとってすごい自信になると思うんです。あいつら、一年でものすごく逞しくなりました」

それだけに、と彼はまた悔しそうな顔をした。「あの事故が残念でしょうがないんです。自分が転勤させられたことよりも、体操は危険やという印象を子供に与えてしもたことが心残りです」

それから彼はぽつりと漏らした。「あの跳び箱があんなふうに崩れるというのは、いまだに納得でけへん」

「そうなんです」

しのぶも身を乗り出した。「あたしも調べてみました。けど、どうも納得できませんでした。教頭先生は、はずみやろというてはりましたけど」

「はずみ……なんでしょうねえ」

山下は腕組みをした。

この後しのぶは、渋谷淳一と芹沢勤のことを話した。山下の顔が、ますます憂鬱《ゆううつ》そうに歪《ゆが》んだ。

「芹沢が渋谷を……。そうですか、しようのない奴やな。あれは俺が悪いんやというてるのに」

「芹沢君は、よっぽど山下先生のことが好きやったみたいですね」

「はあ、なんか知らんけど、気に入られたようです。それにあいつは運動神経も抜群で、特別熱心に体操を教えたということもあります」

この話をする時、山下は少し嬉しそうにしたが、またすぐに顔を引き締めた。「しかし友達をいじめるとは、けしからんな。竹内先生、えらい面倒な荷物残してきたみたいですけど、ひとつよろしくお願いします」

そして頭を下げた。

しのぶは、この人物には高い点数をつけることにした。こういう会話の時、「では自分から注意してみましょう」などという者が多いが、それは筋違いであり、現在の担任教師を馬鹿にした発言である。無責任なようだが、この場合は相手に任せるのが礼儀だ。

「また何か相談に来るかもしれませんけど、よろしくお願いします」

しのぶもまた、謙虚にいった。

「いつでもどうぞ。ところで先生は、お若いのに立派ですねえ。内地留学してはったそうですね。これからは女の人にも、どんどん活躍してもらわなあきません。是非がんばって下さい」

「ありがとうございます」

「失礼ですけど、まだ独身で？」

「はい」

「そうですか。まあいずれ結婚しはるんでしょうけど、仕事はやめたらあきません。そのために輝きを失《うしの》うたら、元も子もありませんから」

「よう覚えときます。山下先生は、女性に理解があるんですね」

「えっ？　いやあ」

彼は頭を掻いた。「こうなるまでに、えらい回り道しました」

そして少し遠くを見る目をした。

6

山下に会った翌日、しのぶは学校で芹沢勤と話をすることにした。他の生徒に気づかれぬよう、隙を見て職員室に呼んだのだ。

勤はムスッとして、横を向いていた。あんたのことを担任教師と認めたわけじゃない、とでもいう態度だ。

「渋谷君のこと、恨んでるそうやな」と、しのぶはいった。

勤は、じろりと見返してきた。

「ドン渋がいいよったんか？」

「ううん。ほかの子から聞いた。それに、あんたが渋谷君をいじめてるのは、何遍も見てるからな」

ふんと鼻を鳴らし、彼はまた顔をそむけた。

「あいつが悪いんや」

「そうか？　跳び箱で怪我して痛い目に遭《お》うたのは渋谷君やで」

「あんな跳び箱ぐらい跳ばれへんのが悪いんや」

「そうかな。けど渋谷君は、あんたよりも算数の成績はええで。あんな簡単な問題、解かれへんのが悪いていわれても、あんた腹立てへんか？」

「算数は勉強やないか」

「跳び箱も勉強や。人間には誰でも、得手不得手というもんがあるんやで」

しのぶにやりこめられ、芹沢勤は悔しそうに下を向いた。だがすぐに反抗的な目を上げた。

「あいつ、わざと怪我しよったんや」

「わざと？」

「そうや。跳び箱の練習が嫌やから、怪我してサボろうとしたんや」

「そんなことするかいな」

「センセは知らんからや。あいつ、そういう手ェ使いよるねん。運動会の徒競走でも、恥かくのが嫌やから、わざとこけよるねん。せやからあの跳び箱の時も、自分で箱が壊れるようにして跳びよったんや。そうに決まってる。そのせいで、山下センセは辞めさせられて……あいつの親も大嫌いや」

しのぶはため息をついた。

「やっぱり今でも山下先生がええねんな」

「山下センセは僕らのことを大事にしてくれたもん。僕らの味方やったし」

「あたしもあんたらのことを大事に思てるし、いつでも味方やで」

「あかん。ほかの先生なんか信用できへん」そういうと勤はくるりと向きをかえ、職員室を出ていってしまった。

やれやれ重症やなと、しのぶは呟《つぶや》いた。

次にしのぶは渋谷淳一から事情を訊くことにした。まさか芹沢勤がいったようなことはないだろうが、あの事件については、ずっと引っ掛かっているのだ。

職員室に呼ばれたというだけで、渋谷淳一はおどおどしてしまっていた。顔が紅潮しており、こめかみから汗が流れている。緊張をほぐすため、しのぶは笑顔を浮かべて、跳び箱で怪我した時のことを話してほしいのだといった。途端に彼の表情が強《こわ》ばった。

「ぼく、ぼく、ぼく、何もわかりません。跳び箱、してただけです」ぶるぶると顔を横に振った。

「それはわかってるけど、その時のことを、もうちょっと詳しく話してほしいねん。跳び箱の練習してる時、近くに誰かおった？」

「いてません。僕一人だけでした」

「ずっと一人で跳んでたんか」

はいと返事する代わりに、淳一は上目遣いで頷いた。

「何回ぐらい跳んだ？」

「ええと……十回か二十回ぐらい」

「で、何回目かで、急に跳び箱が崩れたんか」

淳一は黙って頷く。

「どんなふうに崩れたん？　何かが外れたとか、壊れたとかいう感じ？」

「うん、あの……ズレとったと思う」

「ズレてた？」

「跳び箱の段がズレてたんやと思います。跳び箱に手をついた時に、動いたような気がしたから」

「なるほど」

それなら跳んだ瞬間に崩れて、怪我をするというのもわかる。運動神経は鈍くても、渋谷淳一の観察力は鋭いようだ。しかし――。

「けど、それまでは何ともなかったんやろ。跳び箱がガタついたとかいうことも」

「ありません」

「おかしいなあ」しのぶは唸り、腕組みをした。「ずっと続けて跳んでたんやな。跳び箱から離れたことはないな」

「うん」淳一は答えてから、「あっ」と小さく声を漏《も》らした。

「なんや？　何か思い出したんか」

しのぶが詰問すると、淳一はちょっともじもじした。

「あの……便所行きました」

「便所？」

「おしっこに行きました。それで、もういっぺん跳ぼうと思たら……」

「跳び箱が崩れたんか」

こっくりと淳一は頷いた。

「うーん」しのぶは再び唸った。まさかとは思いつつも、ある一つの疑いが頭をもたげてくる。でも誰が、何のために？

「もういっぺん訊くけど、まわりにはほんまに誰もいてへんかったか？」

「うん」

「ほんまか。どこかから、あんたのことを見てた人もいてへんかったか?」

「ええと……」

淳一の顔に、忽《たちま》ち不安の色が浮かんだ。


この日しのぶが家に帰ると、奥から笑い声が聞こえてくる。びっくりして台所に行くと、ダイニングテーブルを挟んで母の妙子と新藤が座っていた。テーブルの上には、空になったビール瓶が二本。さらにもう一本も半分ほどになっている。ビールの肴《さかな》はタコ焼のようだ。

「ああ、おかえり」妙子がのんびりいった。「タコ焼食べるか?」

「お邪魔してます」新藤が赤い顔で頭を下げた。

「ちょっとこれ、どういうこと?」

「心斎橋で、ばったり新藤さんと会《お》うてな、お茶でも飲もと思たんやけど、コーヒー飲むのに高いお金払うくらいやったら、自分の家でビールでも飲んだほうがええわいうことになって、ここまでお連れしたんや。あんたも早よ着替えといで。タコ焼冷めるで」機関銃のような早口で妙子はいった。

「あほみたい。晩ご飯前に、こんなに飲んで」

「固いこといいなや。今日はおとうちゃんの帰りが遅いから、適当にお茶漬けで済ませとくねん。それより新藤さんの話、面白いわ。刑事っちゅう仕事も、なかなかええな」

妙子は上機嫌だ。久しぶりに思う存分飲めるし、おまけに相手がいるからだろう。しのぶの父は下戸《げこ》である。

「いやいや、おかあさんの話も面白い。特に、しのぶさんの子供の頃の話は爆笑もんや」

新藤の言葉に、しのぶは妙子をきっと睨《にら》んだ。

「また何か、しょうむないこというたんやろ」

「別にい。ほんまのことばっかりや」そういって妙子はビールをぐいと飲む。「小学生の時に、嫌いな先生のスリッパの中に、犬のうんこを入れといたこととかな」

「あー、あのことは誰にもいうたらあかんていうてたのに」

「やっぱりほんまのことですか」新藤はげらげら笑った。

「違うんです。あれは友達にそそのかされて――」

「あとそれから、火災訓練の日に花火を持っていって、訓練の最中に火ィつけたこととかな。あの時は担任の先生、びっくりして階段から落ちたんやったな」

「ふん、忘れたわ。そんな古い話」しのぶは妙子のコップを奪い、残りを飲み干した。「ビール、もうないの？」

「はいはい」妙子は冷蔵庫を開け、缶ビールを二本取り出した。一体、どれだけ買ってきたのだろう。

「しのぶ先生は子供の頃、教師が嫌いやったそうですね」新藤がピーナッツを口にほうりこんでいった。

「そんなことまで聞いたんですか」

「なんか意外でした。教師嫌いの人が、教師になるやなんて」

「自分やったら、もっとまともな先生になれるていうのが、この子の口癖やったんです」

「ちょっと、おかあちゃん、余計なこといわんといて」

「そういうことですか。なーるほど」感心したように新藤は頷く。「それで教師にねえ。けどその言葉通り、しのぶ先生は生徒らに慕われてはるから大したもんや」

「あきません、あたしなんかまだまだ」

ふと芹沢勤の顔が頭をよぎる。続いて渋谷淳一の丸い顔――。

「ねえ、おかあちゃん」妙子のほうを向いた。

「なんや、改まって」と妙子は身構える。

「自分の子供が、担任教師のことをすごく慕ってるというのは、親としてはどういうものなんかなあ」

「おなしなこと訊くんやな。子供が先生を慕ってるというのは結構なことやないの」

「あんまり慕いすぎるから、嫉妬するというか、ヤキモチ焼くということはない？」

「ヤキモチ？　あほらし」妙子は大げさに顔をしかめた。「どこの世界に、教師にヤキモチ焼く親がおるかいな。そんなボケたこというようやったら、やっぱり新藤さんのいうとおり、早よ結婚して子供の二、三人でも作ったほうがええかもしれんな」

「えっ？」しのぶは驚いて新藤を見た。「あのことをしゃべったんですか」

新藤は照れくさそうに、頭に手をやった。

「ええ、まあ、へへへ」

「おかあちゃんは賛成やで。なんというても公務員は不景気に強い」

「そうでしょう、そうでしょう、ままま、一杯どうぞ」

「いやー、もう、飲めまへんわあ」といいながら、妙子はコップを出している。

ふん、アホらしい――しのぶは台所を出た。後ろから妙子の大声が聞こえてくる。

「ほんまにもう、あの子が片付いてくれんと、後がつかえてますからな。ふしだらな娘ですけど、どうぞよろしく頼みますわ」

「それをいうなら、『ふつつか』や」しのぶは怒鳴った。

7

図書の時間というものがある。図書室で子供たちに、好きな本を読ませるわけだ。文福小学校の図書室は大きい。ちょっとした町の図書館ぐらいの蔵書がある。児童書に限れば、優っているといえるぐらいだ。

「センセ、これなに？」

上原美奈子が指したのは新聞の縮刷版だった。これには、しのぶも驚いた。こんなものまで揃っているとは思わなかったからだ。

「これはねえ、昔の新聞を縮小してまとめたものなんよ。ほら、その当時のことが、ようわかるでしょ」

そういって、しのぶは中を広げて見せた。

「ふうん」

しかし美奈子は記事には関心を示さず、広告に出ている当時のアイドルタレントを指さして、キャハハと笑った。「なにこれ、ダサい服」

見ると、しのぶが高校時代に持っていたのと同じような服だった。

縮刷版の年度を見ているうちに、先日会った山下が、昔新聞に載ったことがあるといってたことを思い出した。彼の正確な年齢はわからないが、たぶん今から十数年前だろう。しのぶは適当に見当をつけて、何冊か抜き取った。

インターハイという文字を手がかりに探せば、それほど手間はかからなかった。その記事は十七年前の新聞に載っていた。山下がいったように地方欄だ。

『受験勉強と二足のわらじでインターハイ三位　阪奈高校体操部三年　山下博夫君』というのが、その記事につけられた見出しだった。内容は、受験勉強しながら部活動も精一杯やって、見事に好成績を収めたというだけの、ありふれたものだ。その横に、若かりし頃の山下の笑い顔が写っている。

その写真を見た時、しのぶは何か妙な感じがした。おや、と思ったのだが、何が気にかかるのかわからなかった。

もう一度じっくり見てから、ふと気づくことがあった。彼女は顔を上げ、部屋の中を見回した。

はっと息を飲んだ。

8

「お忙しいところを申し訳ありません」

しのぶは頭を下げた。喫茶店の中はすいていて、近くに客はいない。話の内容が内容だけに、都合がよかった。

「いいえ。それより、勤がまた何か？」

芹沢勤の母親は心配そうに尋ねてきた。育子《いくこ》というのが彼女の名前だということを、しのぶは調べて知っていた。

「ええ、勤君にも関係のあることなんですけど」

しのぶは育子の目を見て続けた。「一度、山下先生を交えて話し合ってみようかと思うんです。いかがですか？」

育子の顔に、明らかな狼狽《ろうばい》が浮かんだ。

「何の話をするんですか？」

「だから勤君のこととか、いろいろです」

「どうしてですか？　今の担任は竹内先生でしょう？　山下先生は関係ないのと違いますか」

「そら、担任はあたしです。けど父親は山下先生でしょ」

　あっ、という形に育子の口が開かれた。その後彼女は立ち上がろうとした。その手をしのぶは素早く摑《つか》んだ。

「まだ山下先生には何も話してません。けど、お母さんがここで逃げたら、あたしは山下先生に会わざるをえません。それでもええんですか」

　しのぶの言葉に、育子は全身の力を抜き、椅子に座り直した。放心しているのがわかる。しのぶはしばらく待つことにした。

　ウェイターが注文した二人分のコーヒーを持ってきた。しのぶはそれにミルクを入れ、一口飲んだ。

「どうしてわかったんですか」

　少しして育子が尋ねてきた。落ち着いた声だった。

「これを見たんです」

　しのぶは一枚のコピーを出した。例の縮刷版の頁《ページ》をコピーしたものだ。育子もそれを見て、少し驚いたようだ。

「似てるでしょう？」と、しのぶはいった。

「これを見た時、あれっ、どこかで見たことがあると、すぐに思いました。そうしてそれが芹沢君やということに気づいたんです」

「それだけで？」

「もちろんそれだけやありません。この写真を見た時には、まさかという気持ちのほうが強かったんです。でも芹沢君が転校してきた時の書類を見て、今のお父さんが二年前にお母さんが結婚した相手やと知った時、想像が一気に膨《ふく》れ上がりました。あたし、失礼とは思たんですけど、御主人に電話して、芹沢君の本当のお父さんについて御存じですかってお尋ねしました。御主人は、それについては自分も詳しいことは知らない、いずれ話してくれるまで待つつもりですとおっしゃってました。お母さん。それお母さんは、去年は一度も保護者の集まりには顔を出されなかったそうですね。それは仕事の関係ではなく、山下先生と顔を合わせたくなかったからと違うんですか」

しのぶの話を、育子は沈痛な面持ちで聞いていた。やがてその唇から、ふっと吐息が漏れた。

「勤を転校させてきた当初は、あの人があの学校にいるとは夢にも思いませんでした。それが三年に進級して、クラス写真を持って帰ってきた時、心臓が止まるかと思うほどびっくりしました。山下博夫という名前を聞く必要もありません。あの人でした。紛《まぎ》れもなく、あの人でした」

「結婚しておられたんですか？」

「いいえ。でも結婚の約束はしていました。ところがそろそろ日取りを決めようかという時になって、二人の意見が分かれました。あの人が私に、仕事を辞めて主婦業に専念してほしいといいだしたんです。私はそんなのはおかしいといいました。女やから家に閉じ籠《こ》もれというのは、変でしょう？　するとあの人は、働きながらでは、子供を満足に育てられへんといいます。結局話がこじれて、私たちは別れました」

育子はコーヒーを舐《な》め、またため息をついた。唇に、薄い笑みが滲《にじ》んでいる。

「皮肉なことに、その直後に妊娠に気づきました。私は親の反対を押し切って、産むことにしました。女一人、働きながらでも子供を育てられるということを、証明したかったんです。そうしてもう結婚はしないつもりでした」

「でも結局結婚されたんですね」

「はい。主人はとてもいい人でしたから。私がコブつきだということを承知でプロポーズしてくれました。勤にも、実の父親以上の愛情を注いでくれます。あんな人、ほかにはいてないと思います」

「わかります」

しのぶは頷いた。だからこそ普通の父親なら嫌がる保護者懇談会などにも、積極的に出席していたのだろう。

「それだけに余計、私が山下さんと顔を合わせるわけにはいきませんでした。あの人は勤が自分の子供やと気づくに違いないからです。それでもし勤に本当のことが知れたりしたら、主人に合わす顔がありません。何が何でも勤が卒業するまで、ごまかし続けようと思いました」

「卒業するまで……ですか。ところが状況が変わったわけですね」

しのぶの言葉に、育子は目を見張った。

「状況が変わったんでしょう?」と、しのぶは重ねていった。「それで何とか山下先生を転勤させる必要があった」

育子は唇を結び、しのぶの顔を見つめている。

「渋谷君から話を聞いたんです。跳び箱で怪我した時の、詳しい話を。じつをいうとそれが、あの事故に芹沢さんが関係しているんやないかと考え始めたきっかけです。でもその時点では理由が思いつきませんでした。芹沢君があんまり山下先生になついているから、それに嫉妬して、なんていうことまで考えました。けど、山下先生が芹沢君の実のお父さんだとすると、すっきり筋が通るんですよね」

「渋谷君……何か見てたんですか？」

「はい、見てました」

しのぶはきっぱりといった。「事故が起きる前にトイレに行ったらしいですけど、そのさらに少し前に、裏門の近くで渋谷君のことを見てた女の人がいたそうです。渋谷君、さすがに顔までは覚えてませんでしたけど、特徴を一つだけ記憶してました。その女の人は、黄色の四角い鞄《かばん》を抱えてたそうです」

「あ……」

育子は隣の椅子に目をやった。そこには彼女が仕事で持ち歩く、四角くて黄色い鞄が置いてあった。

二杯目のコーヒーを注文してから、育子は話しだした。

「勤が山下さんを慕うようになった理由については、はっきりしたことは私にもわかりません。まさか父親だと知ったとは思えませんけど、もしかしたら彼の身体から、父親的な匂いを嗅《か》ぎとったのかもしれません。本能、とでもいうたらええんでしょうか。あるいは単に、あの子が憧れる要素を彼が持ってただけかもしれません。どっちにしても私としては、あの子が山下さんに引きつけられていくのを見てると、気が気やありませんでした。せっかく勤を愛そうとしている主人にも、申し訳ないと思いました」

「それで山下先生を転勤させようと……」

育子は頷いた。

「でも、そううまい方法は思いつきません。そんな時、勤が面白い話を聞かせてくれました。山下さんが子供に器械体操を教えていて、うまくできない子は居残りさせているという話です。特に私が目をつけたのは、渋谷君は毎回残っているという点でした。あの子のお母さんはＰＴＡでは最もうるさい人で、おまけに息子さんを溺愛《できあい》してはります。放課後の居残り特訓で事故でもあったら、絶対に山下さんは学校には残っておられないだろうと考えました」

「それであの日学校に……」

「けど、家を出る時には、それほどはっきりした計画を立ててたわけやないんです。ちょうどあのあたりを回る仕事があったので、ついでに様子を見に行ったという感じでした。すると思った通り渋谷君が、一人で跳び箱の練習をしていました。渋谷君はだらだらと、やる気なさそうにしていました。こっちを向いたので、隠れて様子を窺っていると、トイレに行くのが見えました。それで私は裏門から中に入って、跳び箱の一番上の段を、少しずらしておきました。こんなことで事故になるかどうかは自信ありませんでしたけど、とにかくじっとしていられなかったんです」

「でも結果は計算通りに進んだわけですね」

「こわいぐらいうまいこといきました。これでもう山下さんに会うこともないやろと、安心していました。ところが甘かったんです。私はあの人を学校から追い払ったつもりでしたけど、勤の心の中には、まだあの人がいるんです。子供の感受性はすごいと、今さらながら驚かされました」

育子は肩の力を抜くと、「これで全部です」といった。

「話してくださって、ありがとうございます」

しのぶは礼をいった。

「先生、どうかお願いします。このことは誰にもしゃべらず、先生の胸にだけしまっておいて下さい。渋谷君には、本当に悪いことをしたと思っています。その分は、何とか別の形で詫《わ》びさせてもらうつもりです。ですから……」

育子は頭を下げて訴えたが、やがて言葉を詰まらせた。

「頭上げて下さい。ほかのお客さんが変な目で見ます」

「けど……」

「安心して下さい。絶対に誰にもしゃべりません」

「本当ですか」

「はい。あとは、あたしに任せて下さい」

しのぶは、はっきりといった。

9

山下は念を押して訊いた。彼が勤務する小学校の来客室内で、二人は向き合っている。

「手紙？　僕が手紙を書くんですか？」

「そうです。お願いします」と、しのぶはいった。

「それは構いませんけど。渋谷と芹沢の二人にですか？」

「いえ、全員宛《あ》てのを一通だけです。そうでないと不公平になります」

「たしかに」

同感だというように山下は頷いた。「で、どういったことを書けばいいんでしょうか。渋谷を責めるのは筋違いだ、とでもいうようなことを？」

「いえ、その問題については、あの子らが自分で解決したらええと思います。解決できるよう、あたしが何とかします」

「なるほど」

ここでも彼はこっくりと頷いた。「では手紙には何を？」

「大層なことでなくて結構です。先生が今、どんな子供たちと一緒にいて、どんなふうに毎日を過ごしているか書いて下さったらええと思います。ありのままで結構です」

「わかりました」

山下は上着のポケットから手帳を取り出すと、そこにメモをつけ始めた。

山下の手紙を子供たちに見せ、自分たちの先生がもう彼ではないことを教えよう――というようなセコい考えはしのぶにはない。彼女が子供たちにわかってもらいたいのは、「山下先生」を必要としている子供は、自分たちだけではないということだった。

「いろいろと苦労がおありのようですね」

手帳を閉じながら山下はいった。その時手帳から一枚の写真が落ちた。しのぶはそれを手に取った。

「あっ、この写真……」

そこには現在しのぶが教えている子供数人と、山下が写っていた。遠足の時らしく、子供たちはナップザックを背負っている。

「まずいもん、見つかりました」

山下は頭を掻いた。「学校を移った時には、以前の子供のことはふっきるようにしてるんですけど、この写真だけは何となく手放しにくくてねえ。けど、やっぱりこんなことではあきません。この写真は、家のアルバムにでも貼っておきます」

「それがええと思います。この写真、大切にしてあげて下さい」

しのぶは写真を彼に返した。

写真の中の山下は、紺色のセーター姿で、こちらを向いて笑っている。その横で、まるでお揃いのような色のトレーナーを着た芹沢勤が、Vサインを出していた。

10

「そういうことがあったんですか」

　しのぶの話を聞き終え、新藤は神妙な顔つきで何度も頷いた。「そら、大変でしたね」

「でも、ええ勉強になりました」と、しのぶは答えた。

　先日新藤からプロポーズされた喫茶店である。今日はしのぶのほうから誘った。そして今回の出来事を話したのだった。

「教師というのは、難しい仕事やと改めて思いました。まだまだ勉強せんといけません。あたしなんか、全然だめです」

「それと、もう一つあるでしょう」と新藤はいった。

「はっ？」と、しのぶは彼を見る。

「夫婦が働きながら子育てをすることの難しさも、痛感されたんと違いますか」

　新藤の言葉に、しのぶは思わず肩をすくめた。

「そのとおりです。ほんまに、あたしなんか未熟やと思います」

「で、それが答えというわけですか」

「えっ……」

「プロポーズの答えです。今は結婚する気はない、そういうことですね」笑いながらも、新藤の声には元気がなかった。

しのぶは苦笑してうつむき、それからまた彼の顔を見た。

「一年、待ってください」

おや、という顔を新藤はした。「どういうことですか」

「一年間で、今の生徒の気持ちをどこまで摑めるか、自分を試してみたいんです。もし自信がついてたら、その時は——」

後の言葉は飲み込んだ。

「一年ですね」新藤は真っすぐにしのぶの目を見つめてきた。そしてそんな真摯《しんし》な態度をとるのは恥ずかしいとでもいうように、大きく伸びをした。「こら大変や、改めてプロポーズの練習をせんといかん」

「今度は、もうちょっとロマンチックな場所がええわあ」

「道頓堀《どうとんぼり》で、タコ焼でも食いながらプロポーズするというのはどうです」

そういった直後に、彼のポケットベルが鳴りだした。あわててスイッチを切る。

「こんな時に事件かいな。デートの最中やで」

「それが新藤さんの仕事やないですか」

すると新藤は、ふっと微笑《ほほえ》んだ。

「おっしゃるとおりです。そしたら、ちょっと行ってきます」右手を差し出した。

「気をつけて」しのぶも手を出した。テーブルを挟んで握手した。

ああ、やっぱり男の人の手はごついなあと思った。

11

のたのたしているが、たぶんこれが渋谷淳一の全速力に違いなかった。しかし淳一は例によって踏み切り板の手前で速度を緩め、こわごわといった感じで板を踏む。これではただでさえ太った身体を、高く浮かせることなどできそうになかった。案の定、跳び箱に馬乗りになっただけだ。

「あかん。やり直し」

しのぶは腕組みをしていう。淳一は泣きだしそうな顔で、のろのろと助走地点まで戻った。

いうまでもなく体育の授業である。この日しのぶは校長に頼みこんで、跳び箱を使うことを認められていた。

「はい、スタート」

しのぶが声をかけると、また渋谷淳一はどたどたと駆け出した。そして例によって、腑《ふぬ》抜けのように踏み切り。今度は跳び箱をまたぐこともできず、股間《こかん》をぶつけて顔をしかめている。

「やり直し」

しのぶは冷酷にいう。淳一は半ベソである。

他の子供は、しのぶの後ろで膝を抱えて座っている。一人ずつ跳ばせていって、最後に残ったのが淳一なのだ。全員が跳べるまで次の運動には移らないと、最初にいってある。

初めは笑っていた子供たちも、淳一のトライが十回を越えるようになると、誰も笑わなくなった。しのぶの剣幕に恐れているふうでもある。

淳一がまた失敗した時、子供たちの中から声が聞こえた。しのぶはそちらを見た。

「何やて？　もっと大きい声でいい」

「ふ、踏み切り板の、もっと跳び箱に近いとこで踏み切ったらええのに」

男の子がいった。

「ふむ」

しのぶは腕組みしたまま頷いた。「そしたら、渋谷君にそう教えたり」

その男の子はしばらくもじもじしていたが、やがて淳一のところへ行くと、何やらアドバイスを始めた。淳一が理解できない様子なので、また別の男の子が立ち上がり、二人がかりで教えだした。

「よっしゃ、そのアドバイスを生かして、もういっぺんチャレンジや」

しのぶがいうと、淳一は跳び箱に向かって走りだした。今度は少し身体が浮いた。だがまだ飛び越すにはほど遠い。

「ドン渋っ、もっと思い切って跳ばないとあかんで」

上原美奈子がたまりかねたように立ち上がった。そして跳び箱をばんばん叩きながらコーチする。

するとと負けじと、また別の男の子が駆け寄った。

「それよりも、手えつく場所や。ドン渋は、手前でつきすぎや」

「違う違う。足の開き方が悪いねん」

「走り方や」

皆でよってたかって、わあわあとやりだした。渋谷淳一は、もみくちゃである。

そして一番最後に、芹沢勤が立った。

彼が近づくと、一瞬周りが静かになった。淳一の顔にも怯《おび》えの色が走る。

勤は淳一の尻をぽんと叩くと、「おまえはケツが重すぎる」といった。

冗談なのか、いじめなのかわからず、まだ他の子供たちは黙っている。その中で勤は続けた。

「ケツを頭よりも高《たこ》う上げるつもりで跳べ。それがコツや」

「うん」

淳一は頷いて、助走地点まで走って戻った。その足取りは、さっきよりもずいぶん軽くなったようだ。

――やれやれ、これでようやくスタートできるわ。

しのぶはほっと一息ついた。しかし安心してばかりもいられない。戦いは始まったばかりなのだ。

しのぶセンセにサヨナラ〈あとがき〉

このシリーズの第一作『しのぶセンセの推理』を書いたのは、デビューした翌年（一九八六年）、今から約七年前です。当時はシリーズ化するつもりなど全くなく、『小説現代』の編集者に渡した時のタイトルは、『たこやき食べたら』というものでした。

それが何となく、しばらくこのキャラクターでいきましょうということになり、五作になったところで『浪花少年探偵団』として単行本化されたわけです。

じつはこの時点で、しのぶセンセシリーズはおしまいにするつもりでした。ところが単行本が意外に好評であり、リクエストも多かったことから（といっても内輪だけの話ですが）、再開することになりました。それが今回の一連の作品です。

そして今度こそ、これで終わりにしようと思います。その理由はいくつかありますが、最大のものを一つあげるとすれば、「作者自身が、この世界に留まっていられなくなったから」ということになるでしょう。執筆期間は七年間で、物語の中でさえ三年の月日が経過しています。しのぶセンセをはじめ、登場人物たちも成長しました。だから作者だって少しは変わったって不思議はないわけで、その変化によって、作品を描き続けられなくなることだってありうるのです。

とはいえこの作品を書いている間は、作者としてもとても楽しかったです。またいつかこういう仕事ができればいいなと今は思っています。

一九九三年十二月三日　東野圭吾

解　説

西上心太

「〝ベスト10〟を見て一位から順に読んでいく人とは、お友達になりたくない」

とは、某ミステリー評論家のいった台詞です。

おかげさまで近年はミステリーが大盛況です。特にここ一、二年は新聞や専門誌以外の雑誌などでも、さまざまな切り口でミステリー特集が数多く組まれ、おかげで私のような者までにも、お座敷がかかったりするような時代になりました。

冒頭の言葉は、やはり専門誌ではないある雑誌で行なわれた、'96年上半期の〝ベスト5〟を選ぶ対談の席上で口外されたものです。

実は私もこの対談に参加していたのでよく憶えていますが、他の二人も「おお、問題発言」と思いながらも、心中ほぼ同意していたような様子でした。

こういった座談会というか〝放談〟会では、あまり当たり前の事をいうだけでは面白くないので、あえて波風を立たせようと暴言風の言辞を弄《ろう》したり、ちらりと関係者には耳の痛い本音を織り込んだり、それなりの苦心（楽しみ？）があるわけです。

案の定、読者からの反応がありました（他の出版社に届いたお手紙に書かれていたものです）。

「これほどまでミステリーの出版が多いと、普通の読者には作品を選択するすべがない。みな普段は仕事に追われ、やっと捻出した時間でミステリーを楽しんでいる。貴重なお金と時間をつまらない作品で無駄にしたくないので、〝ベスト10〟等の企画が一番の参考になる。そういう読者を否定するような言辞はどうかと思う」

伝聞ですが、以上のような大意でした。至極ごもっともなご意見です。私らだって、年末に発売されるその年の作品のランキングを決める投票に関与したりしているのに、その存在を否定するような立場を取るのはおかしいですよね。

しかし、それを承知であえていうのですが、やっぱり少しは無駄を覚悟で、自分の勘と経験を信じて作品に接してほしいと思うのです。ベスト10誌の各回答は、それぞれウケを狙ったり、自分の存在を誇示しようと目論《もくろ》んだ結果、ユニークなラインナップとコメントが並んでいます。

しかしそれに集計という作業が加わると、年度代表に相応《ふさわ》しいラインナップは出来上がりますが、いわゆる少数意見に見られるアクの強い作品群が削ぎ落とされてしまうのです。

妙に印象が残るが欠点も目立つ、ホームラン性の大ファールのような作品とか、新しい狙いを持っているが地味な作品とか、世の中にはランキングに現われにくい作品が多く存在します。はなはだしきは、とてもユニークで良い作品なのに読んでいる人が少ないので票が集らないという、作家にとって悪夢のようなこともあります。さらに、一年間読んだ作品を充分に吟味した上での回答が大多数を占めるとは思いますが、人間は忘れやすい動物です。読んだ本の記録を克明に付けている人ばかりとは限りません。前半に出版された作品は忘れられやすいのか、全体的に点が低いように思われます。

つまり、〝ベスト10〟などは一種のお祭りみたいなものです。結果にこだわるあまり、その年の〝読書の指標〟のように思われてしまうと、数多《あまた》存在する、表に出てこない面白い作品を見逃してしまうのではないかと心配に思うわけです。

冒頭に掲げた某氏の発言の真意も、以上のようなことではなかろうかと忖度《そんたく》する次第です。

さて、長々とつまらないことを書き綴《つづ》ってきましたが、私だってミステリー読みの端くれ、ここまでが伏線というやつです。

で、何がいいたかったかというとそれは、

「ミステリー・ベスト10を盲信するな。なぜなら、これだけ面白い作品を書いている東野圭吾は〝ベスト10〟とは無縁であるからだ」

ということです。

信じられないかも知れませんが、東野圭吾は〝ベスト10〟にはなぜか縁の遠い作家です。宝島社の『このミステリーがすごい！』をひっくり返してみると、'88年版に『魔球』が18位、翌'89年版に『鳥人計画』が15位に入っているだけ。その後の六年間、20位以内に入った作品はありません。

また週刊文春の〝ベスト10〟に目を転じますと、'85年に『放課後』が1位、'88年に『魔球』が10位に入っているだけなのです。デビュー作の『放課後』が1位になっていますが、これは江戸川乱歩賞の受賞作。乱歩賞受賞作がいつもトップを占めるのは、かつての週刊文春アンケートの〝特殊事情〟というもので、〝東野圭吾ベスト10

の法則〟からみれば例外といっていいでしょう。

講談社文庫で数多く出ている東野作品を手に取ったことのある読者なら、それがどんなに面白い作品であるか、もうご存知のことでしょう。また、不幸にしてそれがまだの方、巻末の解説者のメンバーを見て下さい。

高橋克彦、山崎洋子、黒川博行、折原一、宮部みゆき、法月綸太郎《のりづき》らの、現代ミステリー・シーンを代表する作家諸氏が解説の筆を執っています。このことは、作者の人柄が仲間内に好かれるからというだけではなく、プロ作家も一目置くほどの作品を発表していることの証左ではないでしょうか。

どうですか、ベストランキングに従っていたら、東野圭吾の豊饒な作品群に触れることなく、随分と寂しい読書生活を送ることになっていたのです。

それにしてもあまりにも票が入らな過ぎではないかとの意見があるでしょう。いくつかの理由があります。実はその理由が東野圭吾の特質に繋がることなのですが、ひとつずつ検証していきましょう。

①得票が分散してしまう。

作者は創作欲旺盛で毎年数作ずつコンスタントに作品を発表します。しかも作品によって手を抜くということがなく、どれもこれもたっぷりとトリックやらアイデアが盛り込まれています。したがって作家別に集計すれば得票がそこそこあっても、作品別では分散してしまうのです。

②タイプの違う作品をどんどん書いていくので読者が戸惑う。

デビュー作からしばらくは学園を舞台にした作品が多かったので、いまだに東野＝学園ミステリーなどと思っている読者もいるかもしれませんが、それは大きな心得違い。〝体育会系〟と揶揄《やゆ》されたほど印象が深いスポーツ・ミステリー、新本格派がひれ伏すような大トリックを使った〝お館物〟、SF的趣向を取入れた作品、さらに最近書出した犯罪アクション小説まで、お馴染みのキャラクターとワンパターンの設定に安住する読者を次々と裏切るように、多彩な作品を発表しているのです。

③リーダビリティが良過ぎる。

作者は〝お話作り〟がうまい上に、的確な描写を平易で安定した文章で綴ります。いわゆるサクサク読めるという作家なのです。あまりの面白さに一気に読んでしまうことがしばしばで、かえって後になって印象に残りにくい嫌いがなきにしもあらずです。

しかし今年は違います。ちょうどこの文庫と同時期に発表される『このミステリーがすごい！　'97』では『名探偵の掟』が第3位、『どちらかが彼女を殺した』が13位にランクインし、作家別の得票数ではトップの座を占めました。おそまきながら実力が認知されたようで、一ファンとして大変嬉しいことです。圏外でしたが『悪意』も風変わりなテイストの作品ですから、目を配っておいて下さいね。おっと、ここまで読んでいただいた方には言わずもがなでしたね。

さて、本書『しのぶセンセにサヨナラ　浪花少年探偵団・独立編』はまさに〝浪花っ子の下町青春記〟（Ⓒ法月綸太郎）という言葉がぴったりのミステリー連作集です。主人公は小学校教諭の竹内しのぶ。パート1（『浪花少年探偵団』）に所収の「しのぶセンセの推理」には次のように紹介されています。

「竹内しのぶは二十五歳、独身である。短大を卒業し、この大路《おおじ》小学校の教壇にたつようになって五年になる。二人姉妹の姉で、両親と共にこの大阪に住んでいる。父親は某家電メーカーの工場長で、妹はそこのOLをしている」

ちょっと見は丸顔の美人ですが、「大阪の下町で育ったせいで言葉は汚く、身のふるまいは万事がさつで繊細さのかけらもない。おまけに口も早いが手も早い」という、バイタリティあふれるセンセです。おまけに元ソフトボールの投手兼四番バッター。後に恋人（？）になる新藤刑事に怪しげな人物と思われ追いかけられた時も、自慢の快足を飛ばして逃回り、逆に新藤刑事の額にハイヒールを一撃。「無礼もんッ」「うちは大路のしのぶやで。なめとったら承知せえへんで」と啖呵《たんか》を切ります。

うーん、いいですねえ、こういうキャラクター。パート1の解説で宮部みゆきさんが書いていますが、はるき悦巳《えつみ》の『じゃりン子チエ』のチエちゃんが大人になった時の姿というのもむべなるかな。猥雑なエネルギーを秘めた街、大阪ならばこそのキャラクターですね。

残念ながら私には大阪の土地勘が全くないのですが、妙にしのぶセンセや、彼女を取り巻く悪たれ達に親近感があるのは、自分も東京の下町（の辺境ですが）で産まれ育ったせいかもしれません。

「なんだバカヤロ」が挨拶代わりの土地（土地柄ではなく付き合う友人の問題という説もありますが）の人間ですから「ドアホ、なにしてけつかんねん」の世界にすんなりと入り込めるんですね。

それにしても大阪には船場《せんば》言葉、東京にも下町の商人《あきんど》言葉という上品な言葉遣いがある（壊滅状態？）はずなのに、品のない言葉がその地の代表として全国的に有名になるというのは面白いですね。悪貨は良貨を駆逐するという例えがぴったりかな。

さて、パート1で悪たれぞろいの六年生を卒業させ、本書ではしのぶセンセは国内留学制度を利用して大学に通っています。先生は休業中というわけですが、悪たれ達の代表、鉄平と原田が中学生になってもしょっちゅう顔を見せますし、好奇心旺盛なしのぶセンセは以前と変わらずに事件に遭遇します。まるで事件がしのぶセンセのパワーに引き寄せられるかのようです。

カーチェイスを楽しんだり（？）、東京に行って誘拐事件に巻き込まれたり、教師という立場を一時離れたおかげで、より行動範囲がひろがったしのぶセンセの活躍を見ることができます。

しのぶセンセはふたたび教壇に戻り、このシリーズは終わります。新藤刑事のプロポーズは、またも条件付きの返事で肩透かし。作者はもうこのシリーズを書く予定はないとのことですが、しのぶセンセの条件がクリアされた時に二人の仲はどうなるのか、それだけでも読みたいと思いませんか。

東野センセ、なんとか頼んまっせ！

初刊一九九三年十二月『浪花少年探偵団2』として単行本、
一九九六年十二月『しのぶセンセにサヨナラ　浪花少年探偵団・独立篇』と改題して文庫化。
本書はそれを元に文字を大きくした新装版です。

|著者| 東野圭吾　1958年、大阪府生まれ。大阪府立大学電気工学科卒業後、生産技術エンジニアとして会社勤めの傍ら、ミステリーを執筆。1985年『放課後』（講談社文庫）で第31回江戸川乱歩賞を受賞、専業作家に。1999年『秘密』（文春文庫）で第52回日本推理作家協会賞、2006年『容疑者Xの献身』（文春文庫）で第134回直木賞を受賞。近著に『新参者』『麒麟の翼』（ともに講談社）、『真夏の方程式』（文藝春秋）、『マスカレード・ホテル』（集英社）などがある。

新装版《しんそうばん》　しのぶセンセにサヨナラ

東野圭吾《ひがしのけいご》

1996年12月15日旧版　第1刷発行
2011年6月1日旧版　第38刷発行
2011年12月15日新装版第1刷発行
2012年5月17日新装版第3刷発行

発行者――鈴木　哲
発行所――株式会社　講談社
東京都文京区音羽2-12-21　〒112-8001
電話　出版部（03）5395-3510
　　　販売部（03）5395-5817
　　　業務部（03）5395-3615

Printed in Japan

講談社文庫
定価はカバーに
表示してあります

デザイン―菊地信義
本文データ制作―講談社デジタル製作部
印刷――株式会社廣済堂
製本――株式会社大進堂

ISBN978-4-06-277131-3

講談社文庫刊行の辞

二十一世紀の到来を目睫に望みながら、われわれはいま、人類史上かつて例を見ない巨大な転換期をむかえようとしている。

世界も、日本も、激動の予兆に対する期待とおののきを内に蔵して、未知の時代に歩み入ろうとしている。このときにあたり、創業の人野間清治の「ナショナル・エデュケイター」への志を現代に甦らせようと意図して、われわれはここに古今の文芸作品はいうまでもなく、ひろく人文・社会・自然の諸科学から東西の名著を網羅する、新しい綜合文庫の発刊を決意した。

激動の転換期はまた断絶の時代である。われわれは戦後二十五年間の出版文化のありかたへの深い反省をこめて、この断絶の時代にあえて人間的な持続を求めようとする。いたずらに浮薄な商業主義のあだ花を追い求めることなく、長期にわたって良書に生命をあたえようとつとめるところにしか、今後の出版文化の真の繁栄はあり得ないと信じるからである。

同時にわれわれはこの綜合文庫の刊行を通じて、人文・社会・自然の諸科学が、結局人間の学にほかならないことを立証しようと願っている。かつて知識とは、「汝自身を知る」ことにつきていた。現代社会の瑣末な情報の氾濫のなかから、力強い知識の源泉を掘り起し、技術文明のただなかに、生きた人間の姿を復活させること。それこそわれわれの切なる希求である。

われわれは権威に盲従せず、俗流に媚びることなく、渾然一体となって日本の「草の根」をかたちづくる若く新しい世代の人々に、心をこめてこの新しい綜合文庫をおくり届けたい。それは知識の泉であるとともに感受性のふるさとであり、もっとも有機的に組織され、社会に開かれた万人のための大学をめざしている。大方の支援と協力を衷心より切望してやまない。

一九七一年七月

野間省一